팝의 위로

팝의 위로

팝, 그 속에 숨은 온기

초판 1쇄 발행 | 2019년 9월 21일
초판 2쇄 발행 | 2022년 5월 1일

지은이 유지수
펴낸이 안호헌
디자인 윌리스

펴낸곳 도서출판 흔들의자
출판등록 2011. 10. 14(제311-2011-52호)
주소 서울 강서구 가로공원로84길 77
전화 (02)387-2175
팩스 (02)387-2176
이메일 rcpbooks@daum.net(편집, 원고 투고)
블로그 http://blog.naver.com/rcpbooks

ISBN 979-11-86787-18-2 03800

팝의 위로

팝 — 그 속에 숨은 온기

CBS 라디오 FM 98.1MHz
유지수의 해피송 선물

유지수 에세이

서문
이제 이 책의 글은 전부 당신 것입니다.

그제 내려졌던 폭염주의보가 올 여름 마지막 포효였나 봅니다. 아직까지 짝을 찾지 못한 매미는 월요병도 잊은 채 제 몸을 부르르 떨며 울어댑니다. 가을바람을 논하기에는 아직 이른 8월 중순의 어느 월요일인 지금. 지난겨울 적어놨던 일기 한 대목이 눈에 띕니다.

내용은 대강 이렇습니다.

부서 회의시간. 각 방송사 아나운서들이 모이는
연합회의 송년회 일정이 공개됐다.
벌써 송년회라니.
매년 크고 작은 송년회 날짜가 선전포고처럼
머릿속을 두드리면 조바심이 나기 시작한다.
부지런하는 아니어도, 그렇다고 게으르게 살지도 않았다
믿었는데 항상 일 년을 보낸다는 건 마지막 뜸을 들이지 못한
밥을 식탁 위에 올려놓는 기분이다.

그렇게 뜸을 충분히 들이지 못한 밥을 매년 식탁 위에 올려놓으니 이제는 설익은 밥이 입에 배어버렸습니다. 하지만 밥을 입으로만

먹나요. 이로 꼭꼭 씹고 몸속에서 제대로 소화시켜야 밥을 먹었다고 말할 수 있겠죠. 매년 설익은 밥을 먹다가 어떤 때는 소화가 안되어 체하기도 하고 게워내기도 하면서 '다음번에는 잘되겠지' 하며 잘 지은 밥을 오늘도 꿈꾸고 있습니다.

일 년을 살든 하루를 살든 우리는 어제보다 오늘이 더 낫기를 바라지만 현실은 그렇지 않은 날이 많죠. 이제는 익숙한, 아니 무뎌질 대로 무뎌진 삶이라 생각했지만 여전히 사소한 사건에도 일희일비하는 스스로에게 지친 저는 늘 다른 사람들은 어찌 사나 궁금했습니다. 그래서 타인의 사생활이 녹아있는 에세이류의 읽을거리에 항상 관심이 있었죠. 그렇게 사람 사는 이야기에 관심이 많았던 터에 우연히 '흔들의자'와 작은 인연을 맺었고 이렇게 함께 책을 엮는 운명적 파트너가 되었습니다. 덕분에 대략 1년 정도의 집필시간을 거치면서 그동안 내가 어떻게 살았는지, 특히 지난 16년간 아나운서로 방송뿐만 아니라 어떤 비방용 사건이 있었는지를 훑어볼 수 있었습니다. 웃음도 눈물, 콧물도 많이 흘린 시간들 덕에 지면을 채울 수 있었죠.

과거의 지난한 이야기들을 한 권의 책으로 풀어내다보니 이것은 저의 과거와 화해를 하는, 과거와의 살풀이 시간이었습니다. 그리고 제 과거와의 화해의 계기가 된 이 책은 저의 이야기인 동시에 당신의 이야기이길 바랍니다. 데칼코마니는 아니어도 책 속의 에피소드 가운데 어느 부분은 당신의 기억창고와 만나기를 바랍니다. 그래서 책의 마지막 장을 넘겼을 때 '별 거 없네' 하는 편안함 혹은 만만함으로 당신의 삶도 그럭저럭 괜찮았다고 대답할 수 있길 바랍니다.

책머리에 들어가는 서문을 책의 내용을 완성하고 쓰자니 '이렇게 쓸 걸, 저 곡을 넣을 걸' 하는 여러 가지 아쉬움이 남습니다. 최근 한 달 동안은 거의 아침 6시에 출근해 하루 12시간 가까이 글을 쓰고 방송에 임했건만. 특히 책에 미처 실리지 못한 좋은 팝송들이 왜 이제야 머릿속에서 맴도는지. 휴가지의 베스트 추천 관광을 못하고 돌아온 사람처럼 못내 안타깝습니다. 하지만 이 또한 저의 한계이고 받아들일 일이겠지요. 책을 내면서 체득한 것 중의 하나는 못미더워도 가볍게 보내주는 마음입니다. 책 속에 인쇄된 활자 중 마음에 들지 않는 부분도 많지만 '여기까지가 나의 능력이다' 생각하고 이제는 다 놓아주었습니다. 이제 이 글들은 전부 당신의 것입니다.

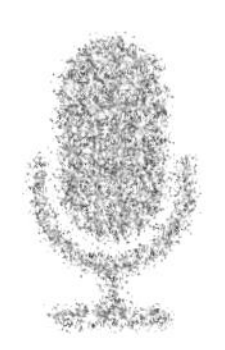

시작은 제가 했지만 당신이 읽으면서 생각하고 판단하고 마무리 지었으면 좋겠습니다.

제 이름이 새겨진 첫 책을 발간하면서 참 많은 도움을 받았습니다. 늘 긍정의 아이콘으로 힘을 주신 흔들의자 님, 그리고 CBS 라디오 <해피송>을 완벽하게 이끌어 주는 서병석 PD의 혁혁한 선곡 덕에 한 권의 책이 완성될 수 있었습니다. 특히 서병석 PD는 공동저자라고 해도 무방할 정도로 책에서 소개하는 팝송 등에 많은 도움을 주었죠. 뛰어난 PD이면서 훌륭한 조언자이고 굿 리스너인 서병석 PD에게 다시 한 번 감사의 인사를 전합니다.

아울러 고맙지만 늘 쑥스럽다는 핑계로 표현을 잘 못하는 저를 따뜻하게 맞아주는 가족, 98.1MHz CBS 라디오 <유지수의 해피송>을 사랑해주는 모든 분들, 그리고 이 책을 읽고 한 자락 위안을 얻은 분께도 더할 나위 없이 감사한 마음입니다.

유지수

추천의 글

뻔한 위로가 아닌 삶에서, 경험에서 묻어나온 진정어린 조언

밝고 당당함! 똑부러짐!

회사 내에서 유지수 아나운서를 말할 때면 언제나 따라오곤 하는 수식어다. 하지만 함께 방송을 하면서 그런 수식어들은 그저 유지수 아나운서의 작은 단면, 빙산의 일각일 뿐이란 것을 쉽사리 깨닫게 된다. 냉철하지만 감성적이고, 화려할 것 같지만 담백하다. 방송 멘트 역시 온갖 미사여구 대신 소박하게 그러나 누구보다 솔직하게 청취자를 대한다.

화려한 변화구 대신 묵직한 직구 스타일이랄까? 그런 그녀의 성격이 고스란히 이 책에도 담겨있다. 현실에 단단히 고정돼 있으면서도 조금은 색다른 시선으로 세상과 삶을 바라보는 그녀의 시각을 들여다 볼 수 있다. 뻔한 위로가 아닌 삶에서, 경험에서 묻어나온 진정어린 조언들이 넘쳐난다.

그녀의 어린 시절 꿈도, 20대 때의 진통과도 같은 고민도, 육아와 일을 병행하며 겪는 커리어 우먼으로서의 어려움과 내밀한 가정사도 가감 없이 내보인다.

특히 그녀의 인생에서 절대적 지분을 차지하고 있는 것 같은, 그녀가 누구보다 사랑하고 그리워하는 어머니에 대한 글에선 그녀의 가녀린 감성들이 묵직하게 전달된다. 책을 통해 독자들은 방송국 또는 방송쟁이들의 소소한 일상을 엿볼 수 있는 동시에 그녀의 시각에, 감성에, 또 겸손하면서도 조심스레 내미는 조언들에 고갤 끄덕이며 공감하게 될 것이다. 여기에 덧붙인 팝 명곡들과 비화(秘話)들은 그녀의 글을 맛깔스럽게 만드는 에피타이저 또는 소화를 잘하게 만드는 맛난 디저트로서 감초 역할을 톡톡히 하고 있다.

서병석_CBS 표준FM 98.1MHz '유지수의 해피송' PD

생판 뜻 모를 얘기처럼 들릴 수도 있는 팝음악에 진솔한 경험담을 얹다

음악밀착형 인간은 행복하다. 돈을 잘 벌거나 남들 하는 고생을 안해서가 아니다. 듣는 이를 위로하고 충전하고 추억저장소 역할까지 하는 게 음악인데, 그런 음악을 항상 가까이 두고 살기 때문이다. 그래서 김광석은 '노래는 나의 힘'이라고 했고, ABBA는 '음악 없이 살수 없다'고 하지 않았나.

라디오PD는 꽤나 음악에 밀착해서 살아가니 행복한 편이라고 할 수 있겠지만 매일매일 청취자와 소통하며 음악을 소개하는 음악방송DJ는 따라갈 수 없다. CBS 음악FM <12시에 만납시다>를 진행했었고 지금은 <해피송>을 진행하는 유지수 아나운서 역시 음악밀착형 인간이다.

DJ라는 사실만으로도 부러워죽겠는데, 이번엔 팝을 소재로 책을 펴냈다. 생판 뜻 모를 얘기처럼 들릴 수도 있는 팝음악에 한국을, 사회를 살아가는 1인, 유지수의 진솔한 경험담을 얹었다.

이름만 들으면 알법한 팝스타들에겐 나름의 애환이 있었고, 누구나 한번은 들어봄직한 노래들에도 속사정이 있었다.
동병상련 DJ 유지수가 소개한 한 곡 한 곡의 사연을 기억 속에 꾹꾹 담아 두어야겠다.
뜻 모를 영어가사들이 마음 한구석에 착 달라붙으면 나는 아마도 좀 더 행복한 음악밀착형 인간이 될 테니 말이다.

정한성_SBS PD

그녀의 글은 신비스럽고 부드러운 미소와 맞닿아있다

방송국에서 만나면 늘 다소곳한 웃음으로 반겨주는 그녀.
그녀의 글은 그 신비스럽고 부드러운 미소와 맞닿아있다.
우리는 사는 내내 피하고 싶어도 피할 수 없는, 그저 별수 없이 겪을 수밖에 없는
많은 일들과 마주 서게 된다. 그럴 때 그녀의 글과 함께 할 수 있다면….
누군가 부둥켜안고 울고 싶은 순간마다 그 소소한 얘기와 음악이 함께 해준다면….
그녀가 건네는 치유와 위로의 말들이 독자들의 삶 구석구석 존재의 틈을 메우며,
때로는 눈물지으며, 때로는 신나게 노래 부르며, 최고의 친구가 돼주었으면 한다.

한동준_93.9MHz CBS 음악FM '한동준의 FM POPS' DJ, 가수

모처럼 온기가 책 전편에 흐른다

'음악은 인간이 현재를 인식하는 유일한 영역'이라고 한 스트라빈스키의 말은 멋지다. 그 말을 따르면 현재를 살아가는 사람들의 정서가 음악에 깃드는 것은 당연하다. 그런데 현재의 우리는 어떠한가. 피로사회 속에 지칠 대로 지쳐있다. 여기서 음악의 길은 사랑과 위로로 향하게 되어 있다. 이렇게 고통스럽고 맥 빠지고 혼란스러울 때 음악으로 위로 받고 생기를 되찾아야 하는 것 아닌가.

<팝의 위로>는 음악이, 그 음악을 창조한 음악가가 전하려는 메시지가 결국 '사랑과 위로'라는 사실을 따스하게 전달하면서 우리를 다독인다. 멜로디만으로 익숙했던 곡이 이렇듯 내밀한 의미와 의도가 존재하는 것에 감동하고, 그 기쁜 마음이 다시 음악을 들을 때 팽창되는 '피드백의 잔치'를 실현한다. 역시 음악은 앎이 개입하면 감동이 배가된다.

많은 분들이 저자의 경험과 사고를 읽으면서 권하는 팝송을 함께 들었으면 한다. 즉각 위안과 용기 그리고 행복을 얻을 수 있음을 장담한다. 모처럼 온기가 책 전편에 흐른다. 영국의 작가 시드니 스미스의 말을 책으로 옮겨놓았다고 할까. "음악은 사랑이 적합한 말을 발견한 것이다!" 우리는 음악으로 사랑받고 용기를 얻어야 한다.

임진모_음악평론가

'귀로 듣는 팝'의 세계를 넘어 '눈으로 듣는 팝'의 세계로 초대하다

"취미가 있으세요?" 정신과 의사로서 진료실에서 자주 하는 질문이다. 이유는 취미 생활은 스트레스를 견디고 극복할 수 있는 긍정적 에너지를 주기 때문이다. 우울함이나 불안의 늪에 빠지지 않기 위해, 그리고 혹 늪에 빠졌더라도 빨리 벗어나기 위해 누구든 취미 생활을 할 필요가 있다. 음악 감상은 손쉽게 접할 수 있는 대표적인 취미이다.

다양한 음악 장르가 존재하지만, 분명 팝 음악만이 지닌 독특한 매력이 있다. 학창 시절, 팝 음악의 매력에 빠져 사전을 뒤적이며 가사를 해석해본 경험은 누구나 한 번쯤은 있지 않을까?

에피소드마다 작가는 팝송과 연관된 자신의 이야기보따리를 풀어놓는다. 작가의 추억을 공유하는 것도 좋지만, 독자들도 자신만의 추억을 떠올릴 수 있다면, 독서의 재미는 배가될 것이라 확신한다. 아련한 첫사랑을 회상해도 좋고, 기억이 희미한 옛 친구를 그리워해도 좋다. 현실에 찌든 내가 풋풋했던 과거의 나를 만날 수만 있다면.

나른한 오후 시간 라디오를 통해 만났던 작가가 이번에는 추억이 담긴 글로 우리 곁에 다가왔다. 책을 한 줄씩 읽다 보면, 어느새 팝 음악이 귓가에 울리는 듯한 느낌도 든다. 작가는 '귀로 듣는 팝'의 세계를 넘어 '눈으로 듣는 팝'의 세계로 우리를 초대하고 있다.

고한석_《마음 독립, 스스로 나를 선언하다》 저자,
성모라이프의원 원장, 정신과 전문의

CONTENTS

SIDE B

SIDE C

SIDE D

My way
Happy
Music
The power of love
Let's get loud
We are the champions
Broadcast
Sorry seems to be the hardest word
Honesty
Radio
I will survive
Heal the world
The sounds of silence
HappySong
Beautiful
DJ
Request
Healing
Vioce
Sound
Radiogaga
FM98.1MHz
Live
On Air

SIDE A

안녕하세요
유지수의 해피송입니다

Queen
Z
P
N

마지막인 듯 시작하는 계절, 가을 그리고 우리

발뒤꿈치에 각질이 쌓이고 손끝이 메말라가고, 건조하고 서늘한 바람이 느껴지기 시작합니다. 에어컨을 켤까 말까 고민되고 민소매는 더 이상 입기 부담스러워 지네요. 계절변화에 민감한 청취자들은 노란 은행잎이며 구름조차 숨어버린 하늘 사진을 전송하며 가을이 도착했음을 서둘러 전해줍니다. 어쩐지 입맛도 더 살아나는 거 같고 밤에도 편히 자니 이것은 진정 가을이겠죠.

가을은 언제부터가 그 시작일까요. 아이스커피 대신 김이 올라오는 커피가 몸도 마음도 녹여줄 때?

아님, 더 이상 민소매나 발가락이 옹기종기 드러나는 샌들을 걸치기가 부담스러울 때?

또는 발랄한 댄스음악 대신 서정적인 발라드가 듣고 싶을 때?

'가을을 알리는 신호음'은 정말 많습니다. 그것은 아마 그 신호음의 가지 수만큼 우리가 가을을 반길 준비를 마쳤다는 것, 그리고 기다리고 있었다는 방증일 겁니다. 마치 가혹한 독재자

아래에서 숨 한 번 제대로 못 쉬고 살면서도 마음 깊은 곳에서는 자유를 꿈꾸는 것처럼, 여름이라는 독재자의 군림에서 하루속히 벗어나 더위와 땀으로부터의 해방을 꿈꾸는 것일 겁니다.

흔히 중년 이후의 삶을 계절, 가을에 비유하죠. 찬란하고 아름다운 꽃내음 나는 유소년기인 봄을 지나 뜨겁게 타오르는 청춘을 지나, 머리숱은 적어지고 덜 먹어도 살찌는, 하지만 마음은 아직 꽃인 중장년이 되면 내 삶이 가을에 도착했음을 적시합니다. 그리고 나에게는 오지 않을 줄 알았던 나는 좀 다를 줄 알았던 중년의 평범한 삶이 나에게도 펼쳐집니다. 어제나 그제나 다른 것 없이. 그런데 예전에는 미처 몰랐던, 좀체 변하지 않는 삶이 감사하고 또 좋아집니다. 젊은 시절의 열정과 패기는 수그러들었지만 대신 그 자리에 가득 찬 여유와 얕은 지혜가 삶을 더 부드럽게 만들어주죠. 강렬한 에너지의 계절이지만 그만큼 피곤한 계절이기도 한 여름이 지나고 가을이 오면 숨통이 트이듯이, 인생에서도 가을이 되면 몸에도 마음에도 여유가 생기고 한결 안정감이 느껴집니다.

My way / Frank Sinatra

지나간 삶을 되돌아보며
자신의 방식대로 주체적으로 삶을 살아왔다고
부끄럽지 않은 삶이었다고 회고하는 노랫말입니다.

프랭크 시나트라의 69년 작 노래입니다. 원래는 67년에 프랑스에서 먼저 발표됐던 노래였는데요, 폴 앵카가 은퇴를 앞둔 프랭크 시나트라에게 헌정하는 의미로 원곡의 가사를 영어로 개사해 리메이크했죠. 폴 앵카는 이 곡을 부를 수 있는 사람은 오직 프랭크 시나트라 뿐이라고 설득해서 노랠 부르게 했다고 해요. 프랭크 시나트라의 깊이 있는 보컬이 인생을 되돌아보며 정리하는 묵직한 가사와 더할 나위 어울리며 전 세계적인 인기를 얻기도 했어요.

가을은 도착하면 짐도 풀지 않고 바로 떠날 채비를 마치죠. 헌데 이번 가을은 너무 빨리 찾아왔습니다. 긴 여름의 폭염이 채 식기도 전에 지루하게 이어지는 비와 함께 큰 걸음으로 와 버렸습니다. 37도를 넘나드는 기온과 80%를 넘기는 습도 속에 여름이 싫은 이유를 청취자들과 수 십 가지는 읊었던 거 같은데 막상 열대야도 사라지고 긴팔 셔츠를 찾게 되니 지난 계절이 아쉬운 이유는 무엇일까요. 계절을 우리의 삶에 치환시켜서 일까요.

바람에 나부끼는 낙엽이 누군가를 만나서는 책갈피가 되고 한 떨기 국화가 찻잔에서 제 향과 색을 뽐내는 계절, 가을입니다. 점점 더 나뭇잎은 중력을 못 이길 테고 나무는 몸통만 스산하게 드러내겠죠.

하지만 이 모든 것은 새로운 생명을 잉태하기 위한 과정입니다. 다시 찾아오는 가을에는 우리가 잊고 있던 것들에게 새로운 생명을 불어넣어줘 봐요.

호기심 많던 유년 시절의 꿈도 찾아주고, 한때는 매끈했던 허리라인도 되짚어보고요.

가을은 살아 숨 쉬는 것들이 숨을 아끼고 자기를 감추는 시기기도 하지만 소멸은 곧 소생을 위한 과정이니까요.

어쩌면 이번 가을은 인생의 반환점을 돌았다고 생각되는 내 삶을 다시 깨울 시간이 될지도 모르겠습니다.

말, 글

이틀 전, 좋은 글 한 편이 마음에 스몄습니다. 오래도록 잊지 않고 또 잃어버리지 않게 냉동시켜 버리고 싶은 글이었어요. 하지만 꽁꽁 얼려버리면 그 글은 생기를 잃고 말 것입니다.

글의 힘은 상상 그 이상 이죠. 한 권의 책이 누군가의 인생에 개입해 삶의 물줄기를 바꿔 버립니다. 한 편의 뉴스기사가 사람을 살리고 죽이고를 넘어 한 사회의 패러다임이나 가치를 변화시킵니다. 이는 역사적으로도 증명됐습니다. 중국을 통일한 진(秦)나라의 시황제(始皇帝)는 자신의 사상에 맞지 않는 책과 사람은 모두 제거했습니다. '책을 불사르고 선비를 산 채로 구덩이에 파묻어 죽인다'는 뜻의 분서갱유가 그것이었죠. 시황제의 잔인하고 무모한 이 사건은 그가 글의 힘을 얼마나 두려워했는지를 잘 보여줍니다. 물론 시황제의 최후 목표는 당시 중국의 여러 나라가 사용했던 각각의 문자나 도량형, 도로 규격 등을 통일하여 하나의 거대한 중국을 이루고자 함이었습니다.

그러자니 다양성을 존중하기는 어려웠고요. 하지만 이런 저런 사정을 헤아린다 해도 그가 책의, 글의, 생각의 힘을 두려워했다는 건 피할 수 없는 진실이라 여겨집니다.

좋은 글은 감동적인 순간 흘러내리는 눈물처럼 차츰차츰 우리 삶에서 배어나옵니다. 벚꽃처럼 한꺼번에 우수수 떨어지는 모양새가 아니라 봄꽃이 남쪽에서 북쪽으로 서서히 올라오는 거처럼 우리를 감동시킵니다. 우리를 붙잡고 있는 지구가 움직이고 있다는 것을 현실에서는 느낄 수 없는 거처럼 글은 분명하지만 느린 속도로 자신의 역할을 다합니다. 반면 말은 글에 비해 역동적인 변화를 가져옵니다. 말은 일시적이고, 쉽게 가면을 쓸 수 있으며, 외과의사의 메스처럼 정확하게 꽂힙니다.

안타깝게도 역사적으로 말의 힘을 잘 활용한 사람은 독일의 히틀러가 아닐까 싶습니다. 잔인한 독재자이자 세계 2차 대전의 주범인 그는 실은 언변의 천재이자 연설의 달인으로 알려져 있죠. 당시 독일은 경제도 최악이었고, 정치도 한 치 앞을 알 수 없는 혼돈 속이었습니다. 이런 상황에서 히틀러는 나치당을 만들고 독일이라는 나라를 등에 업고 자신의 비뚤어진 야망을 실현시키기 시작합니다. 이때 그의 지지층을 단단히 만들어 준 것이 그의 현란한 연설이었습니다.

2000년대 후반, 서울의 한 초등학교에서 흥미로운 실험을 했습니다. 전교생과 교직원에게 서로 존댓말을 사용하도록 했더니 얼마 후 교내에서 욕설이 점점 사라지고, 왕따나 학교 폭력 같은 문제도 눈에 띄게 줄었다고 합니다. 이에 전국 10여 곳의 초등학교에서도 아이들에게 존댓말을 사용하게 했는데 모두 같은 결과를 얻었습니다. 이처럼 단순하지만 분명하게 말은 사람을 변화시킵니다. 부정적인 말은 사람을 파괴적이고 폭력적으로 만들지만 상대를 존중하는 말은 사람을 긍정적이고 기분 좋게 만듭니다.

이런 실험도 있었습니다. 어느 방송국에서 진행한 실험이었는데, 두 컵에 똑같은 물을 담고 지나가는 사람들에게 한 쪽에는 미운 말을(너 싫어, 너 미워), 다른 한 쪽에는 칭찬을(너 너무 예뻐. 네가 있어서 정말 행복해) 했답니다. 한 달 뒤 들여다봤더니 칭찬을 받은 물의 결정체는 아주 질서정연하고 고르게 이루어져 있었고, 미운 말을 했던 물은 그 결정체의 질서가 모두 엉망으로 흐트러져 있었답니다.

몸의 상당수가 물로 이루어진 사람에게 왜 좋은 말을 해야 하는 지는 길게 설명할 필요가 없겠죠. 당시 모 방송의 실험을 보고 신선하고 의미 있는 충격을 받았습니다. '말이 씨가 된다'는 식의 이야기는 수도 없이 들었지만 그것을 생생하게 확인하기는 처음이었습니다. 그 때까지 스스로를 비판하고 반성하는 작업이 매우 중요하다고, 아니 반드시 필요하다고 생각했었습니다. 칭찬도 그대로 소화하지 못하고 다른 꿍꿍이가 있진 않을까 의심하는 사람이었습니다. 그게 미덕이라고 여겼습니다.

스스로를 비판하고 모자란 점을 질책해야 더 나은 내가 될 수 있다고 믿었습니다. 하지만 반성이 지나쳐 자기 부정에 빠지고 자신감을 잃고 어제보다 나아지기는커녕 어제만큼도 못하는 자신을 발견하곤 했습니다. 물론 현실의 내 생활을 돌이켜 볼 필요는 있습니다. 하지만 그것이 도를 넘기면 부정적인 언어들이 일상을 좀 먹을 수도 있다는 사실을 놓쳐서는 안 되겠죠. 지나친 겸손과 자기부정이 이어지면 스스로에게 민폐가 된다는 것을 깨달았습니다.

나 자신을 비롯해 나와 유기적으로 얽힌 내 주변 사람들, 그 사람들에게 고운 말을 하면 그 말의 향기가 우리 삶을, 그리고 거기에 얽혀있는 수많은 사람들의 삶을 더 그윽하고 매끈하게 만들어 줍니다. 그러한 말은 편안하고 따뜻한, 그러면서도 유머가 있는 말이면 되겠죠. 답은 간단하지만 실천해 나가는 풀이 과정이 매운 어려운 일이긴 합니다. 말을 업(業)으로 하는 저도 늘 어렵고 헤매고 있고요. 헌데 이를 실천하는 친구가 있습니다.

예쁜 말을 세련되게 구사하는 후배가 있습니다. 사소한 변화를 콕 집어서 'OO이니깐 멋진 옷이 잘 어울린다, 연예인이 회사에 나타난 줄 알았는데 XX더라' 등. 누군가는 관심이 없거나 질투할 수 있는 상대의 멋짐을 그녀는 귀여운 칭찬으로, 게다 약간의 위트를 섞어가며 듣기 좋게 표현합니다. 이런 봄꽃 같은 화술로 상대의 마음을 사로잡는 그녀는 워렌 버핏 보다도 점심 약속이 빽빽하게 잡혀있습니다. 모두 그녀의 한 마디로 위로받고 싶은 거겠죠. 그녀는 작은 변화를 관심 있게 살펴주고 이를 놓치지 않고 잘 포장해 들려줍니다. 어느 날 문득 그녀의 동안 비결이 바로 진실과 진심을 담보한 타인에 대한 호의적인 말에서 비롯되었다는 것을 깨달았습니다. 맑은 피부와 선한 눈매, 미소를 간직한 입매가 그녀의 동안 비결이고 이 모든 것은 그녀가 쓰는 아름다운 말에 뿌리를 두고 있었습니다.

긴 말이 아니어도 좋아요. 때로는 단출하고 소박한 표현이 더 진한 법이죠. 사랑한다, 고맙다, 수고했다, 미안하다, 잘했다, 잘해보자, 좋아한다 등등. 상승의 에너지를 채워주는 말을 나에게 그리고 나의 여집합에게 전해주어요.

Words / Fr David

말주변이 없어서
마음을 표현하기 힘이 들지만
사랑한다고 말할 테니
진심을 믿어달라고 애원하는 노래입니다.

Fr david의 82년 앨범 첫 번째 트랙이었는데요. 프랑스 영국을 비롯한 유럽 전역에서 히트를 기록한 곡이죠. 구소련 붕괴 후 러시아에서 가진 첫 공연에서, 80년대 소련에서 금지곡이었던 이 곡을 이미 많은 러시아 팬들이 알고 따라 부르는 진풍경이 펼쳐지기도 했고요, 우리나라를 비롯한 아시아 지역

에서 역시 선풍적 인기를 끌었습니다. 사랑한다는 말을 연인에게 말로 표현하기 어려워 노래로 부른다는 내용의 이 곡은 가사만큼이나 부드러우면서도 서정적인 목소리와 경쾌한 신디사이저 선율이 멋진 앙상블을 이뤄냈습니다.

여기서 하나. 말을 꼭 '말만'이라는 생각에서 벗어나 좀 더 넓게 생각해봐요. 말이 어렵다면 이건 어떨까요.

마음을 노래선물로, 편지로, 고개 끄덕임이나 달콤한 초콜릿으로 대신하는 것. 반짝이는 원석도 다듬어야 보석이 되듯이 내 안의 좋은 생각들을 고여 놓지 말고 잘 담아 대접하는 겁니다.

침묵

방송에서 지나치게(?) 긴 침묵은 사고입니다. '지나치게'라는 애매한 표현을 썼지만 실제로도 애매한 경우가 있습니다. 제가 입사 2년차쯤 됐을 때, 가히 '뉴스의 신(神)'이라 불릴 어느 선배가 6초 블랭크를 냈다는 이유로 당시 부장님이 사고보고서를 요구했습니다. 그 선배의 억울해하던 눈빛과 떨림이 아직도 기억납니다. 한 10초 정도의 묵음이 생기면 그것은 여지없는 사고입니다. 정적이 10초를 넘어가면 방송시스템도 사고로 인지해 '띠리리리링링링...' 호텔 커피숍에서나 울릴 법한 –그리고 종사자들에게는 너무 잔인한– 클래식 연주곡이 전파를 타게 됩니다.

몇 년에 한 번씩 이런 일이 있습니다. 아나운서가 본인의 라디오 뉴스 시간을 깜빡해서 스튜디오에 나타나지 않고, 하필 그날따라 보도국 편집기자도 배가 아파 화장실에서 시간을 하염없이 보내고, 거기다 엔지니어조차 그날따라 전화 통화를 오래하는 날. 1, 2, 3차 방어선이 다 뚫리고 결국 사고가 터지고

마는 겁니다. 어느 곳에서는 아름답고 우아한 선율의 여유를 선물하는 배경음악이 되겠지만, CBS 전파에서 같은 곡이 송출되면 그것은 사고를 알리는 시그널이죠. 멘델스존이 작곡한 무언가(無言歌) 48곡 중 하나인 이 느긋한 선율의 비상음악이 아나운서의 목소리를 대신해 라디오에서 울려 퍼지면, 해당 아나운서뿐만이 아니라 동료들은 모두가 한 마음으로 등골이 서늘해 집니다.

방송, 그것도 소리로만 표현하는 라디오 방송에서 침묵은 긴장과 사고를 불러오지만, 사실 침묵은 또 하나의 강렬한 의사표현이죠. 예전에 J 피아노 트리오의 라이브 재즈연주를 감상한 적이 있습니다. 가을의 소박하고 쓸쓸한 느낌의 도입부를 피아노가 혼자 읊어가고 베이스주자와 드럼주자가 가만히 피아노 연주를 지켜주는 겁니다. 그때 알았습니다. 무언의 지켜봄, 그 또한 하나의 아름다운 연주라는 것을.

언젠가 한 다큐멘터리 영화가 있었습니다. 프랑스 수도원을 배경으로 한 침묵하는 삶에 관한 다큐멘터리였습니다. 거기에는 처음 한 수도사의 인터뷰만 있을 뿐 영상에 입혀진 소리라고는 새소리, 바람소리, 발자국소리가 전부였습니다. 하지만 그 작품은 꽤 뜨거운 반응을 불러왔고 침묵의 묵직한 힘을 보여주었습니다. 굳이 설명하지 않아도 침묵함으로써 외부의 소란으로부터 벗어나 온전히 나의 내면과 마주할 수 있다는 메시지를 전했기 때문이죠. 지혜롭기로 소문난 아메리카 인디언도 침묵을 높은 가치의 하나로 여겼습니다. 아메리카 인디언 가운데 중서부 대평원에 터를 잡았던 라코타 족은 '침묵은 진리의 어머니'라고 여겼습니다. 라코타 족의 젊은이들은 현대인들처럼 끊임없이 말을 하거나 다른 사람의 말을 자르는 법이 없었죠. 그들은 마음의 조화를 가장 중요하게 여겼습니다. 그리고 침묵은 조화로운 마음에서 우러나오는 것이고 상대방에게 침묵하는 것은 존경의 표시였습니다. 말 보다 더 힘 있는 언어가 침묵인 것입니다.

"당신의 침묵을 이해하지 못하는 사람은,
당신의 말도 이해하지 못할 가능성이 높다."
_앨버트 허버드

The sounds of silence / Simon & Garfunkel

물질문명을 숭배하는 사회를 비판하는 동시에
침묵에 대한 의미를 철학적으로
사유하는 가사가 돋보인 곡이에요.

이 곡은 폴 사이먼이 케네디 대통령 암살 이후 충격과 슬픔이 휩싸인 사회 분위기 속에서 장장 6개월에 걸쳐 가사를 써서 완성했다고 합니다. 철학적인 가사가 많은 의미를 함축하고

있습니다. 원곡은 현재 우리가 듣고 있는 버전보다 더 담백한 어쿠스틱 버전이었는데요. 한데 처음에는 대중들의 반응이 없었고 그렇게 그들의 첫 번째 앨범은 실패했습니다. 그 후 사이먼은 낙담하고 유럽으로 날아가 솔로 활동을 준비 중이었는데요. 한 프로듀서가 원곡을 듣고선 자기 멋대로 포크록으로 편곡해 음악을 재발매합니다. 그런데 이게 대박이 난겁니다. 그렇게 해서 자칫 사라질 뻔했던 사이먼 앤 가펑클이라는 명 듀오가 탄생하게 됐고 이 곡은 그들의 첫 번째 히트곡이 됐죠. 비틀스의 White album까지 끌어내리고 말이죠.

그런데 사실 이 둘은 서로 앙숙인걸 아시나요? 천재적인 작사 작곡 실력을 갖고 있는 폴 사이먼에 비해 잘 생기고 부드러운 음색을 지닌 아트 가펑클이 더 대중적 인길 얻었기 때문에 폴 사이먼이 질투를 심하게 했다는 얘기도 전해지는데요. 그럼에도 이들이 음반에서, 또 무대에선 천상의 하모니를 이뤄내는 걸 보면 참 아이러니 합니다.

라디오는 죽지 않아

몇 년 전 CBS 아나운서들이 시각장애 아동을 위한 재능기부를 한 적이 있습니다. 선배의 지인이 추진하는 작업으로 시각장애 아동을 위한 보이스북 제작이었습니다. 앞을 보지 못하는 어린 친구들에게 책을 '들을 수 있게' 책 내용을 녹음하는 일이었습니다. 평소 하던 일을 좀 더 의미 있게 해보자는 취지의 일이었죠. 당시 저는 둘째 아이를 낳고 육아휴직 중이었습니다. 두 아이를 낳고 키우다 보니 아이들 문제에 관심이 많아졌고 휴직 중이었지만 흔쾌히, 게다가 녹음실이 집에서 가깝다 보니 가벼운 마음으로 녹음 작업에 참여할 수 있었습니다. 2013년으로 기억하는데 당시까지만 해도 '보이스북', '듣는 책'이라는 말이 보편화되기 전이었죠. 하지만 요즘은 어떤가요. 시력에 아무 문제없는 저도 오디오북을 들으면서 운동도 하고 운전도 하고 설거지며 기타 집안일을 하고 있습니다.

19세기 무렵 축음기가 탄생하고 사람들은 이제 책을 읽지 않을 것이라고 생각했답니다. 책을 읽기보다는 책을 들을 거라고. 그래서 종이책은 더 이상 세상에 존재하지 않을 거라고. 도서관은 축음기관으로 바뀔 거라고 예상했죠. 하나 2019년 현재 축음기는 스피커라는 존재가 그 자리를 대신했고 책은 여전히 책으로, 필요에 의해 종이책으로 혹은 오디오북으로 오늘도 누군가의 손에 들려 있습니다. 심지어 비상용이라고는 하지만 먹는 책까지 나오는 형편이니 책의 진화는 생명체의 진화 이상으로 버라이어티 합니다.

언젠가 '종이책의 미래'에 관한 열띤 토론을 봤습니다. E-book이 도서시장을 장악할 것이고 종이책은 사라질 것이다, 아니 사라져야 마땅하다고 외치는 토론이었습니다. 종이책보다 전자책에 더 힘을 실어주는 사람들의 입장은 이랬습니다. 전자책은 보관이나 휴대가 쉽고, 비용이 덜 들어가며, 나무를 살릴 수 있고, 멀티미디어 기능의 강화로 영역을 더 확장할 거라고 애기합니다. 예를 들면, 영어 공부를 하다 모르는 부분을 클릭하면 동영상 강의로 연결되는 것이 가능하다는 거죠. 하지만 너무나 납득이 가는 전자책의 여러 장점에도 불구하고 저는 그들의 주장을 쉬이 동의할 수가 없었습니다. 새로운 물결에 대한 보수적인 거부감이기도 하고 제 스스로가 종이책을 좋아하는 일인이기 때문이었습니다. 이런 분들 계실 겁니다. 일단 종이를 넘겨야, 종이가 쌓이는 모습을 눈으로 확인해야 책을 보는 기분이 든다는 분들. 또 베일수도 있지만 어쨌든 종이가 주는 촉감도 좋고, 종이가 넘어가는 소리도 좋고, 켜켜이 쌓인 종이의 폭신함도 참 좋다는 사람. 무엇보다 책을 볼 때 조금씩 조금씩 앞장이 쌓여가는 희열이 없다면, 책을 읽는 매력을 잃는 사람. 제가 그렇습니다. 눈으로 확인하고, 손으로 직접 만져보고, 때로는 냄새도 맡아야 비로소 책을 읽는 느낌이 진하게 난다는 사람, 그런 사람이 여전히 많은 덕분에 종이책은 지금도 생명을 이어가는 거겠죠.

라디오의 운명과 종이책의 운명이 참 닮았다는 생각이 듭니다. 80년대 비디오 시대가 오고, 특히 뮤직비디오가 일상의 한 부분이 되면서 사람들은 라디오가 영원한 안식을 맞이할 줄 알았습니다. 하지만 그런가요? 화려하지는 않지만 안정적으로, 라디오는 제 갈 길을 잊거나 잃지 않고 가고 있습니다. 요즘에는 스마트폰 앱을 통해서도 라디오를 들으니 이만하면 제 몫을 잘 챙긴다 싶습니다. 디지털 시대에 아날로그적인 산물이 없어지지 않는다는 건 우리 삶이 0과 1이 만들어내는 신호로만 구현될 수 없기 때문이겠죠. 세상에 존재하는 수많은 것들이 디지털 신호체계로 이루어져 있다하더라도 '나'라는 인물을 0과 1로만 설명할 수 없듯이 말입니다.

Radio ga ga / Queen

인생의 희로애락과 지식
그 모두를 라디오를 통해 배웠다고,
라디오는 아직 죽지 않았다고 외치는 라디오 찬가입니다.

퀸의 드러머 로저 테일러가 작곡한 라디오 예찬곡이죠. 열풍이라고 할 정도로 인기를 끌었던 영화, 보헤미안 랩소디에서도 관객들의 흥을 돋우는 곡이었습니다. 모두가 궁금해 하는 것이, 과연 이 가가가 무슨 뜻일까 하는 걸 텐데요, 로저의 아기가 화장실에서 "카카 카카" 하는 소릴 듣고 영감을 얻어 가가로 개사했다고 합니다.

또 하나, 세계적인 팝가수 레이디 가가도 이 곡에서 본인의 이름을 따왔다고 해요.

꿈

"오랜 시간 꿈을 꾸는 사람은 그 꿈과 닮아 있다."

_니체

꿈이란 살아있지만 설익은 의식 아닐까요. 내가 어디에 집중하고 있고 내가 무엇을 추구하고 있는지 알려주는 것이 꿈이고 이것은 의식의 발로(發露)일 겁니다. 저의 오랜 꿈은 물론 언론, 방송이었습니다. 그 꿈을 어려서부터 막연히 키워왔습니다. 초등학교 때는 학급신문을 만들기에 푹 빠졌었습니다. 전지크기의 하얀 종이에 교실에서 일어난 일들을 전달하는 것이었죠. 학년이 조금 올라가자 소년○○신문에서 어린이 기자를 모집해 어린이신문 기자로 짧게 활동했었고, 중학교 때는 교내 방송반 PD로서 점심시간동안 교내 스피커를 통해 흘러나오는 어설픈 음악 방송을 만들며 한 땀 한 땀 방송인으로서의 꿈을 키웠습니다. 그리고 고등학교 입학식, 학교 교지를 처음 받아보았습니다. 고등학생들의 고민과 방황, 재미난 가십거리로 가득한 한 권의 책이 마냥 멋져보였습니다. 그 길로 교지를 만든다는 문예반 활동을 시작하였고 공부는 안하고 허구한 날 시나 쓰고 교지나 만든다고 엄마와의 큰 갈등을 겪으면서도 편집장으로 모 여고의 교지를 발행한 것은 지금도 뿌듯한 추억입니다. 그 후 아픔과 방황으로 찜질하며 20대를 보내면서 '방송'이라는 영역에 발을 디뎠습니다. 처음에 생각했던 주목받는 화려한 방송인, 아나운서는 아니지만 어쩌면 제가 더 잘할 수 있고, 재미있어 하는 방송을 하고 있는 현재가 만족스럽다는 걸 돌고 돌아 이제는 깨달았습니다. 어느 유명 소설가도 얘기하더라고요. 소설도 처음 구성대로 흘러가지 않는다고. 마지막 장을 완결할 때는 처음의 의도와는 전혀 다른 이야기의 소설이 완성되어 있다고. 바로 그것이 기계와는 다른 살아있는 유기체의 흐름이겠죠.

결코 일반화 할 수 없는 삶의 조각을 통해 꿈이란 무엇인지, 어떻게 꿈이, 목표가 이루어지는 것인지를 논한다는 것은 주제넘은 발언이겠죠. 하지만 방송을 통해, 책을 통해, 사회생활을 하면서 만났던 많은 사람들의 삶 속에는 그 사람이 현재 그 사람인 이유가 항상 스며있었습니다. 광고쟁이로 아파트 분양 광고를 만들었다던 출판사 대표, 어려서부터 책을 미치게 좋아했다던 방송작가, 교회 성가대 활동을 열심히 했던 가수, 아버지의 오래된 전축 냄새를 맡으며 컸다는 PD, 식당을 하는 어머니 밑에서 자란 셰프 등. 과거 보다는 현재가 중요하며 늘 현재를 살라고 떠드는 세상이지만, 현재를 사는 밥그릇과 국그릇은 과거의 나입니다. 과거의 나란 사람이 오감을 통해 보고 듣고

만지고 맛보고 냄새 맡던 흔적들이 모여 현재라는 생명체를 이루는 것이지요.

물론 과거의 내가 현재의 나를 이룬다는 것은 결정론적인 이야기일 수도 있습니다. 시간이 지나면 과거가 될 지금, 안개 속에서 갈피를 잡지 못한 채 걷는 다면 과거가 현재를 지배한다는 이야기가 불편할 수 있겠죠. 그렇지만 흔들리지 않고, 떨어진 적 없이 날아가는 새가 있을까요? 현재가 불완전하다고 미래를 미리 걱정해 이러지도 저러지도 못한 채 시간만 보내기 보다는, 아주 작은 것이라도 내 가슴을 뛰게 하는 일과 친해져야할 것입니다. 아직 방황하는 나의 꿈이 나의 현실 속에서 헤맨다면 꿈의 소리를 들어봐야 합니다. 파문을 일으키지 않는 고요한 심연의 마음속으로 들어가 현재의 내 일상에 긍정할 수 있는 부분이 있는지 돌이켜봐야 합니다. 사람은 스스로를 속일 수는 없는 법이니까요.

오늘은 꿈을 응원하는 곡을 하나 소개할게요. 이미 우리에게 너무나 익숙한, 그리고 자주 자주 들어주면서 응원을 받아야하는 곡, 바로 Abba의 I have a dream입니다. I have a dream은 긍정적이고 희망이 가득한 가사와 아름다운 멜로디로 Abba의 대표곡인데요. 이 곡의 특징은 후반부를 잘 들어보시면 아바 노래 중 최초로 그리고 유일하게 다른 사람들의 목소리가 들어갑니다. 바로 어린이 합창단원들의 목소리입니다. 아마도 희망과 꿈을 노래했기 때문이겠죠.

I have a dream / Abba

힘든 현실을 극복하게 해주는,
희망을 주는,
꿈과 이상이 있다고 외치는 곡이에요

꿈, 이라고 하면 이 사람도 빼놓을 수 없습니다. 미국의 국민 화가로 불리는 '모지즈 할머니(Grandma Moses 1860~1961)' 모지즈 할머니는 76세 때부터 그림을 그리기 시작해 101세 되던 해까지, 세상과 이별을 앞두고도 붓을 놓지 않았습니다. 사실 모지즈 할머니는 평범한 시골 주부였습니다. 작은 농장을 꾸려가며 10명의 아이들을 낳았고 그중에서 5명을 잃었죠. 평범하다면 평범하고 굴곡지다면 굴곡진 인생을 살면서도 자신의 마음이 어디를 향하고 있는 지를 잊지 않았고, 일흔이 넘은 나이에 그림을 그리기 시작합니다. 그리고 우연히 어느 미술품 수집가가 시골 구멍가게에 걸려있는 그녀의 그림을 사간 이후 뉴욕전시관에 할머니의 그림이 걸리며 일약 스타가 됩니다.

꿈은 아이들만의 전유물이 아니죠? 어떤 꿈이든 좋습니다. 내일은 지각하지 않겠다는 다짐도, 검정고시를 준비하는 어르신의 목표도, 줄넘기 1,000개를 이어서 넘어보겠다는 어느 초등학생의 목표도 모두 아름다운 꿈이지요. 그런 꿈들이 모여서 넘어져도 일어나고 흔들려도 다시 중심을 잡아 단단한 나를 이루는 것이니까요. 오늘도 당신의 눈부신 꿈을 응원합니다.

시간이라는 특효약

연일 새벽방송이 이어져 새벽 5시부터 길을 나서던 때가 있었습니다. 새벽 4시에 일어나 초시계로 재어가며 준비를 하고, 잉여의 시간이 없도록 출근채비를 마치고 서둘러 신발을 찾습니다. 친절하지 않은 새벽 공기를 뚫고 도착한 회사에서는 행여 안 좋은 소리가 날아들지 않을까 노심초사하며 시간을 보냈습니다. 그런 날은 몸이 더 무거운지 마음이 더 무거운지 알 수 없습니다. 특별한 사건이 있던 것은 아니었지만 끊임없는 자괴감과 자기불신으로 몸과 마음이 괴롭던 나날이었습니다. 피로가 누적되던 날, 중력을 그대로 느끼면서 움직이다가 오래된 운동화를 찾아 신었습니다. 아, 낡은 운동화의 편안함이란, 오래된 부부의 눈 맞춤보다 더 깊은 배려였습니다. 제 발의 쏠림대로 늘어난 운동화는 저를 있는 그대로 받아주었습니다. 설사 지금 내 상황이 더 나아지지 않더라도 아니 더 나빠지더라도, 내 발의 아니 내 짐의 무게를 받쳐주는 신발 하나 있다는 것이 감사하고 위로가 되는 것이었습니다. 그 운동화와 저는 처음부터 딱 맞는 찰떡궁합은 아니었습니다. 처음에는 새것이 주는 생소함에 서로 긴장하던 시간도 있었죠. 그러다 서로를 조금씩 받아들이고 편안해졌습니다.

'나이' 라는 것도 그런 거 아닐까요. 숫자가 더해갈수록 마음 속 공간도 넓어지고 마음의 쿠션감도 점점 더 좋아지는 거. 20대 때는 너무나 중요했던 것들이 30대 때는 시큰둥해지고, 30대 때 목숨보다 소중하다 여겼던 것이 40대 때는 추억으로 족한 것이 되는 것처럼.

'세월이 약'이라는 말은 우리나라 속담만은 아닙니다. 영어권 국가에서는 'Time is a great healer'라고 말을 하죠. 모기에 물린 자리를 박박 긁어서 빨갛게 부어오르고 피가 맺혀 화끈하고 간지럽고 아프기도 하지만 찬바람 부는 10월의 어느 날 다시 찾아보면 작은 흔적만이 남아있습니다.

달력이 무책임하게 넘어가는 거처럼 보일 때도 있지만 무기력하게 지나가는 시간은 없습니다. 무심한 바람 한 자락 한 자락이 더해져 바위가 깎이고 산이 닳는 거처럼, 빗방울 한 방울 한 방울로 거대한 동굴이 만들어지는 거처럼. 강한 흔적으로 남지 않는 나날의 삶일지라도 우리 심신에 켜켜이 쌓이면 어느새 여유라는 이름으로 태어납니다. 지금의 시간이 모이지 않고 흩어지는 거 같더라도 그것들은 제각기 힘을 발휘해 나를 더 너른 사람으로 만들어 줄 겁니다.

Old and wise / Alan Parsons Project

나이가 들어 현명해지면
무소유의 철학도 갖게 되고
모든 것에 여유로워질 것이라는 노래입니다.

1976년 결성된 2인조 프로젝트팀 알란 파슨스 프로젝트는 팝 록과 프로그레시브 록의 경계를 끊임없이 넘나들며 새로움을 추구했죠. 팀의 리더 앨런 파슨스는 어린 시절부터 음악에 관심과 재능을 보였으며 학창시절 전자효과음에 심취했다고 해요. 졸업 후엔 TV카메라 개발 일을 하다가 비틀스의 멤버 폴 매카트니의 눈에 띄어 비틀스가 경영하던 스튜디오에서 보조 엔지니어로 근무하게 됩니다.

그 곳에서 음악적 감각을 본격적으로 익히기 시작했는데요. 청출어람이라고 해야 할까요. 현학적인 가사와 혁신적인 사운드, 서정적인 멜로디 등 어느 것 하나 놓치지 않았던 독보적인 록그룹으로 지금도 여전히 많은 사랑을 받고 있습니다.

치유

천진한 아이의 모습을 통해 하루의 피로가 녹아들었던 경험, 천상의 경험이죠.

세기의 연인, 명품 브랜드의 뮤즈, 독보적인 미의 대명사, 오드리 햅번.

그녀는 자신의 사진 한 장 혹은 말 한 마디가 가지는 영향력에 비해 많이 외로웠노라고, 생전의 한 인터뷰에서 밝혔습니다. 두 번의 이혼 그리고 연예계 은퇴 후, 햅번은 유니세프 홍보대사가 되어 남미와 아프리카 봉사활동을 통해 도움의 손길이 필요한 어린이들을 보살피는 일에 헌신했습니다. 복잡다단한 지난날의 아픔을 치유받기 위해서 더 봉사활동에 매진했는지도 모르겠습니다. 아마 우리가 진짜 오드리 햅번을 만난 것은 영화에서가 아니라 아프리카에서 아니었을까요. 그녀는 아름답고 젊고 화려했던 시절에 쌓아올린 부를 아프리카 어린이 살리기에 다 쏟았습니다. 특히 1992년 직장암 투병 중임에도 소말리아로 날아가 눈이 퀭한 아이를 안고 찍은 사진은 그 어떤 영화보다 감동적이고 가슴을 뭉클하게 합니다. 그 사진에서 사람들은 배우 시절과는 비교할 수 없는 그녀의 숭고한 아름다움을 발견합니다. 젊은 시절 명품 의류에 몸을 맡겼던 것과 달리 평범한 티셔츠와 헐렁한 옷도 인상적이었습니다. 주름이 가득한 그녀의 얼굴은 전 세계로 퍼져 나갔고, 그 사진은 사람들로 하여금 진정한 아름다움이 무엇인가를 곰곰이 생각하게 만들었습니다.

그녀는 소말리아 사진을 남긴 다음 해에 64세의 나이로 영원한 여행을 떠났습니다. 생의 마지막 순간까지 아프리카의 어린 아이를 자신의 품에 꼭 안고 진심으로 마음 아파하며 그 아이의 손을 잡아주던 모습은 이 세상 그 어느 누구보다 아름답고 거룩해 보였습니다. "어린이 한 명을 구하는 것은 축복이고 어린이 백만 명을 구하는 것은 신이 주신 기회입니다" 라고 말한 오드리 헵번. 아마도 그녀는 알고 있었겠죠. 아이의 웃는 얼굴에서 진짜 치유가 시작된다는 것을요.

Heal the world / Michael Jackson

서로 사랑하고 베풀고 노력하면서
세상을 평화롭게
또 아이들이 살만한 세상으로 바꾸자는 내용의 곡이죠.

대중적 그리고 평론적으로 마이클 잭슨의 마지막 명반으로 꼽히는 Dangerous 앨범에 수록됐던 곡입니다. 기성세대들이 만들어낸 전쟁과 기아, 질병 등으로부터 아이들을 보호하고 세상을 치유했으면 하는 바람에서 마이클 잭슨이 직접 만든 곡입니다. 그의 모든 히트곡을 통틀어 이 곡이 가장 자랑스럽다고 말하기도 했고요, 그의 장례식장에서도 이 곡이 흘렀습니다.

마이클 잭슨은 노래만 불렀던 게 아니고, Heal the world 재단을 만들어 불우한 어린이들을 위해 자신의 재산을 기부했습니다. 마이클 잭슨도 오드리 햅번처럼 알고 있었던 거겠죠. 아이들의 미소는 그 무엇보다 큰 치유라는 것을요.

고난, 그 이후

재미있는 책 한 권을 만났습니다.《감옥에서 만난 자유, 셰익스피어》. 래리 뉴턴은 10대 때 살인을 저지른 후 가석방 없는 종신형을 선고받은 남자입니다. 그에게 셰익스피어를 전공한 여교수가 재소자 갱생 프로그램을 이유로 다가오고, 래리는 셰익스피어라는 낯선 사내로부터 자유의 향기를 맡습니다. 그리고 그 전까지 생각지 못했던 삶의 의미, 존엄, 내적으로 꿈틀거리는 자유의 기지개를 경험합니다. 아마 여기서 또 하나의 스토리를 떠올리는 분들이 계실 겁니다. 나치의 수용소에서 사금파리 조각으로 면도를 하며 죽음의 그림자가 가득한 그곳에서 자유의지로 어떤 하루를 선택할 것인지에 관한 이야기. 이뿐이 아닙니다. 삶의 마지막이라고 생각한 그 자리에서 살아있다는 것의 진짜 의미를 발견한 사람이 더 있습니다. 교통사고와 남편의 외도로 육신과 정신의 고통에서 처절한 나날을 보냈지만 그림으로 삶의 의미를 재해석한 프리다 칼로. 그녀의 이야기는 너무나 유명하죠. 6세 때 소아마비, 학창시절에는 교통사고로 척추, 쇄골, 늑골, 골반이 부러졌고, 오른쪽 다리에는 무려 열한 군데에 이르는 골절이 있었습니다. 뿐만 아니라 버스 안의 철제 기둥이 뽑히면서 그녀의 복부를 뚫고 자궁으로 들어가는 고통을 겪었습니다. 차마 말이나 글로 표현하기도 버거운 아픔이죠. 그 후 멕시코의 국민 화가 디에고 리베라와 결혼했지만 심지어 자신의 여동생과도 외도를 일삼은 남편에게서 또 한 번의 지울 수 없는 상처를 받습니다. 그런 그녀를 지탱해 준 것은 붓과 물감, 종이였습니다. 프리다에게 그림이란 현실을 해석하는 도구이자 삶의 주도권을 회복하는 열쇠였던 겁니다.

감옥에서 셰익스피어의 작품을 읽는 이야기와 나치 수용소에서 면도하는 이야기, 처절한 고통 속에서도 그림을 그리는 이야기는 막연한 희망을 이야기하는 것이 아닙니다. 모두가 현실에서의 희망은 끝났다고 말할 때, 끝임을 인정하는 것도 부인하는 것도 아니면서 주어진 현재의 '나'를 어떻게 끌어안고 매만질지에 대한 문제입니다.

감옥이나 수용소라는 극단적인 환경에 놓일 확률이 적은 사람은 그렇지 않은 사람보다 일단 삶의 질이 더 나을 겁니다. 하지만 그렇다고 덜 고통스럽게 사느냐는 아닌 것 같습니다. 불편한 몸으로도 신의 축복을 경험하고 사는 사람이 있는가하면, 사지 멀쩡하고 든든한 배경의 집안에서 태어난 사람임에도 마약과 도박으로 인생 전체를 얼룩지게 하는 사람도 있으니까요. 그래서 한 사람 한 사람의 고통과 시련을 비교해서 산술적으로 따지면 평등하지 않은 삶일 수 있지만, 그럼에도 불구하고 각자 처한 상황에서 어떤 선택을 하고 어떻게 사느냐에 따라 삶의 의미와 개개인이 느끼는 삶의 만족감은 개별의 조건과는 다른 결과로 이어지겠죠.

산다는 것은, 생명을 이어가는 것은 시련을 받아들인다는 것과 같은 뜻이기도 합니다. 만약 김밥에 든 단무지나 오이를 싫어하는 사람이 있다면 그것만 빼서 먹으면 되겠지만 인생에서 만난 단무지나 오이는 피할 수 없을 때가 많죠. 그 과정에서 '나' 자신의 존엄에 대해 고민하고, 고유하고 소중한 나를 지키고자 할 때 삶의 의미는 달라질 겁니다. 하기 싫은 일을 반드시 해야 할 때, 나의 생존을 위협받는 상황에 처했을 때, 희망이라고는 씨가 말랐을 때 먼저 우리는 좀 다른 시선을 가져야할 겁니다. 먼저 정말 내키지 않는 그 일을 해야 하는지를 진지하게 고민해야 합니다. 만약 부끄럽게 기억되지 않을 일이라면, 안하면 후회할 일이라면, 불가역적인 일이라면 어려움이 있더라도 실행해야겠지요.

감옥에서 셰익스피어를 읽는 남자와 수용소에서 면도하는 남자, 그리고 정신과 육체의 고통 속에서도 그림을 그렸던 한 여자. 이들에게는 공통점이 있습니다. 스스로의 존엄을 지키기 위해, 스스로가 살만한 가치가 있다고 믿기 위해 자신의 한계 안에서 할 수 있었던 어떤 작업을 찾아냈다는 겁니다. 사람은 신이 아니기 때문에 완전하지 않습니다. 불완전한 인간이 스스로를 지키려면 나름의 무기 혹은 방패가 필요한 법이지요. 그 어떤 고통과 시련 속에서도 무너지지 않기 위해, 누구도 침범할 수 없는 나의 가치를 지키기 위해.

Greatest love of all / Whitney Houston

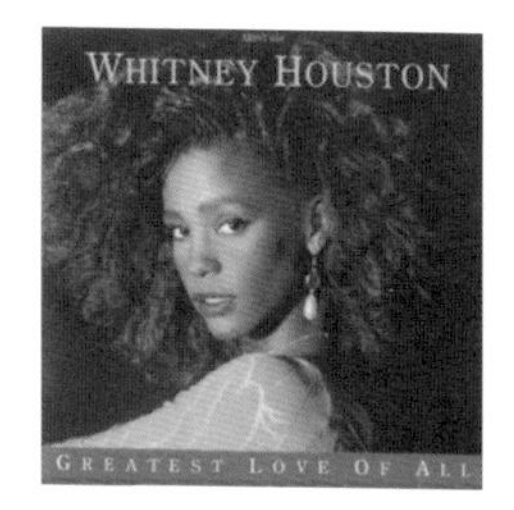

가장 위대한 사랑은
바로 자신을 향한 사랑이며
타인에게 의지하지 말고
스스로를 믿고
자신의 존귀함을 잃어서는
안 된다는 내용의 곡이죠.

조지 벤슨이 부른 곡을 휘트니 휴스턴이 자신의 데뷔 앨범에 리메이크해서 실었던 노래입니다. 빌보드 싱글 차트에서 1위를 기록한 것은 물론이고, 그래미 올해의 레코드 상 후보에도 올랐었죠. 여전히 그녀의 대표곡 중 한 곡이고요. 좋은 멜로디와 휘트니 휴스턴의 출중한 보컬, 그리고 자신의 위엄을 지키고, 자신을 사랑하는 것이 가장 위대한 사랑이라는 가사 또한 많은 팝팬들이 여전히 이 곡을 통해 위안을 받고 힘을 얻게 하는 요소인 거 같습니다.

'지혜'라는 이름의 웨이브

몸이 상당히 유연한 사람들이 부럽습니다. 예전에 재즈댄스를 배운 적이 있습니다. 압구정동에서 이름 있는 강사에게 배웠는데 제가 얼마나 댄스와 안 맞는 사람인지를 혹독하게 경험했던 자리였죠. 가령 턴을 하고 웨이브를 하고 앉았다 일어나고. 저는 댄스를 언어처럼, 그렇게 하나하나 무 자르듯 나누어 동작을 따라했습니다. 당연히 그것은 춤이 아니었고 일종의 몸부림이었습니다. 빨간 운동복을 입고 그 동작을 따라하는 제 모습을 확인하는 순간, 거울 속의 저는 댄싱 퀸이 아니라 한 포기 배추김치 같았죠. 결국 재즈댄스는 수강료를 완불한 석 달을 다 채우지 못하고 제 인생에서 사라졌고, 저는 뒤늦은 원인분석에 들어갔습니다. 재즈댄스 수강생으로서 저는 다른 수강생들의 진도까지 발목 잡는 학생이었으니 '민폐캐릭터' 였습니다. 그리고 무엇보다 유연성이 부족한 몸이 원망스러웠죠. 선생님은 매 시간 제게 꽤 많은 시간을 할애해 특별지도를 해주셨지만 타고난 본래 바탕이 나무에 가까우니 서로를 위해 만남을 접을 수밖에 없었습니다.

세상을 살아가는 데는 학교에서 배우는 지식보다는 삶에서 체득하는 지혜가 훨씬 필요하죠. 그런데 지혜라는 것이 참 어렵습니다. 수학문제처럼 똑 떨어지는 답이 있는 것이 아니니깐. 지혜라는 건 은은히 퍼지는 것. 시간이 흐를수록 더 좋은 향기를 내는 방향제 같은 것. 초콜릿처럼 한 조각 먹으면 기분 좋은 에너지가 나는 것이죠. 그리고 예전에는 지혜롭게 행동했다 믿은 것들이 어느 날 생각하니 지우고 싶은 과거의 한 대목으로 둔갑하는 것처럼 시시각각 변할 수 있습니다.

담담하게 깊이가 우러나는 된장 같은 철학자, 노자.

노자는 작위적인 것을 거부하며 있는 그대로의, 자연 그대로의 상태를 긍정하는 철학자입니다. 노자가 현실의 우리에게 충고한다면, 사람은 스스로를 있는 그대로 놔둬야 하는데 현대인은 자신을 있는 그대로 두지 못해서 고통과 불행이 시작되었다고 말 할 겁니다. 노자가 말하길, 인생을 살아가는 최상의 방법은 물처럼 사는 것이라고 얘기했죠. 겸손하고 부드러운 표정으로 흐르는 물, 그 물의 진리를 배우라는 겁니다. 일단, 물은 유연합니다. 그릇의 모양에 따라 자신의 생김새를 바꿔버리죠. 그러나 어느 상황에서나 본질을 잊지 않고 환경에 순응합니다. 그리고 물은 낮은 곳으로, 낮은 곳으로 흐릅니다. 그렇게 낮은 곳으로만 흐르다가 결국에는 바다의 품에 안겨 버립니다.

사람도 물처럼 모나지 않고 유연하고 너그럽게, 다양한 사람들을 포용할 수 있다면. 자신을 낮추는 현명한 삶을 살 수 있다면. 그저 물 흘러가는 모습대로 그렇게 세상을 인정하고 모든 걸 내려놓고 살 수 있다면. 그럴 수 있다면 떠나가는 연인이 탄 기차를 하염없이 쫓아가거나 헤어진 애인의 사진을 몰래 보는 아쉬움은 절반 이하로 줄 텐데 말입니다.

Let it be / The Beatles

괴롭고 고통스러울 때면 그냥 내버려두라고,
흘려 보내라고 외치는 노래입니다.

비틀스 말년에 멤버들 간의 불화는 극에 달해 있었습니다. 멤버들끼리 서로 얼굴도 보지 않으려 했고요, 존 레넌이 따로 녹음을 하고 가면 나중에 폴 매카트니가 음악작업을 추가로 하는 일도 벌어질 정도였어요. 그렇지만 폴은 최악의 상황에서도 관계 개선을 하기 위해 고민의 고민을 거듭하는데요. 이런 절망적인 폴의 꿈속에 그의 어머니 메리가 나타납니다. 의기소침해 있는 아들에게 어머니는 "다 괜찮아 질 거야. 그러니 그냥 내버려둬" 라며 위로했다고 해요.

꿈속에서 만난 어머니에게 큰 위안을 받은 폴은 깨자마자 바로 곡을 썼고요. 그렇게 해서 탄생한 곡이 바로 Let it be입니다. 폴이 어렸을 때 돌아가신 어머니가 폴이 가장 힘들어할 때 찾아와 남긴 지혜의 말, "모든 게 괜찮아 질 거야, 그냥 지나가게 내버려 둬" 힘든 일의 연속인 우리에게도 위안이 되지 않나요?

세상의 모든 새내기에게 박수를

매년 2월이 넘어가고 한 숨 돌리면 어김없이 졸업과 관련한 이야기가 귓잔등을 스칩니다. 까만색 교복 위로 밀가루 가루가 흩날려 마치 쇼콜라케이크 한 조각 같기도 하고, 뽀글뽀글한 초록 머리의 남학생은 마치 브로콜리가 냉장고를 박차고 나온 듯하죠. 이미 찜한 여친 남친을 대동한 풍경이라든지, 다이어트와 약간의 의술로 페이스오프에 성공한 학생들 등등. 졸업식은, 특히 고등학교 졸업식은 그 해방감과 자유, 그리고 그 속에 숨어 있는 불안이 뒤섞인 멈출 수 없는 축제의 장입니다.

저의 졸업식을 떠올리니 이것은 축제가 아니라 축적된 우울의 장이었습니다. 대학 졸업식은 어머니의 사망 직후라 아픔 그 자체였습니다. 장례식장에서 바로 나온 듯한 검은 정장에 슬픔이 가득 묻은 표정으로 친한 친구 없이 아버지와 작은 언니의 축하 속에 쓸쓸한 사진 한 장으로 남았습니다. 고등학교 졸업식은 원하던 대학에 진학하지 못해, 즐거워하던 친구들 사이에서 어색한 기쁨과 어설픈 자유를 자축하는 척 했습니다. 중학교 졸업식은 이유는 모르겠지만 부분 기억상실자처럼 별다른 기억이 없고, 초등학교 졸업식은 무지 추운 날 야외 운동장에서 벌벌 떨며 콧물을 닦던 기억만이 선명하게 남아있습니다. 제가 원래 우울의 기운을 사랑하는 자라 그런지, 아니면 졸업만 앞두면 변고가 생기는 운명을 타고나서인지 졸업은 저에게 해방의 영광을 선사하기는커녕 오히려 상대적 박탈을 강하게 느끼게 해주는 날이었죠. 서로 진학한 대학이 다르고 입사한 회사가 다르듯, 졸업은 같은 공동체의 무리들을 다른 소속으로 만들어버립니다.

피터 위어 감독의 영화, 죽은 시인의 사회. 이 영화를 처음 접한 때가 언제였는지는 정확치 않지만 초등학교 때였습니다. 제가 조숙한 건 결코 아니었고 영화를 먼저 본 당시 고등학생이던 큰 언니가 아는 척 할 상대를 찾다 만만한 막내 동생인 제게 영화 얘기를 풀었습니다.(물론 언니 얘기의 핵심은 '남자배우들이 너무 멋졌다'였죠.) 후에 또 언제인지 정확히 기억나지는 않지만 어느 주말 저녁, 이 영화는 브라운관을 통해 자상한 더빙을 입혀 여전히 미숙하고 어린 제가 잘 이해할 수 있게 편집되어 방영되었습니다. 당시도 영화의 심오함을 이해할 수 있지는 않았지만 영화는 평범한 학생에게 두루뭉술하게 질문을 던지고 끝났습니다. 학생에게 학교란 무엇인지, 공부는 왜 하는지 등등. 영화는 미국 명문 사립고에 영어교사 존 키팅(로빈 윌리엄스) 선생님이 부임하면서 점점 이야기가 복잡해집니다. 그는 공부와 성공만 강조하는 학교의 지침과 다르게 시를 읊게 하고 예술을 사랑하라고 학생들에게 당부합니다. 그리고 그런 선생의 영향을 받은 한 학생이 부모가 심어준 의사라는 미래와 본인이 가고자하는 연극배우의 미래 사이에서 갈등하다 연극배우의 꿈을 간직한 채 스스로 목숨을 끊습니다. 아마 영화는 몰라도 이 장면은 아실 겁니다. 키팅 선생님의 제자들이 책상 위에 올라가 선생님께 작별인사를 하는 모습이요. 월급을 석 달 이상 받지 못한 가장의 얼굴을 하고 굽은 어깨를 뚝 떨어뜨리며 떠나는 키팅 선생님과 학생들이 작별 인사를 할 때, 왠지 모르게 졸업과 해방의 이미지가 떠올랐습니다. 그동안 학교와 부모의 의기투합 아래 사회적인 성공을 위한 공부와 활동만을 하던 학생들. 그들은 늦바람 같은 거부할 수 없는 한 선생을 만나고 또 안타깝게 떠나보냈습니다. 하지만 그의 부재 이후, 여전한 교실에 여전한 커리큘럼이라 할지라도, 심지어 같은 성공에 매달리게 되더라도, 그들은 그 전과 같은 학생은 아닐 거라는 확신이 들었습니다. 그들은 학교와 부모가 만들어 놓은 성공의 공식대로 살아가면서도 늘 불안했고 공허를 느끼며 생기를 잃은 청춘의 한 장면을 기록할 뿐이었습니다. 그러다 다소 이단적(?)인 선생과의 교류와 소통으로 불안과 갈등이 줄어든 것은 아닐지라도 자신을 에워싼 불안을 인정하고 받아들이는 모습을 보여줍니다. 아마 그들은 깨달은 것이 아닐까요. 불안은 자유가 잉태한 생명이라는 것을. 지금 모자란 다는 것은 채울게 많다는 것임을, 할 일이 많고 만들어 가야할 것이 많다는 것임을. 채울게 많다는 것은 가능성이 무궁하다는 것을.

자유가 없는 사회는 안정적입니다. 설사 당장 먹을 것이 누룽지 밖에 없을지라도 옆집 앞집의 모습이 나와 같다면 상대적 소외감이나 스스로의 무능력으로 좌절할 필요는 없겠죠. 반면 자유가 보장된 사회는 불안합니다. 좀 과장하면 매일이 불안으로 가득 차 있습니다. 오늘의 벌이와 내일의 벌이가 다르고 나의 노년을 누구도 보장해주지 않습니다. 어떤 사람들은 자유 속에 녹아든 불안을 포착하고 또 그 불안 속에 숨어있는 기회를 손에 넣습니다. 하지만 이것은 '어떤' 사람들의 이야기인 것이고, '어떤'에 속하지 못한 사람들은 현재로서 미래를 담보하고자 하지만, 이 조차도 모두에게 해당되는 얘기는 아닙니다.

학교라는 울타리는 사회의 민낯을 직접 경험할 수 없게 만듭니다. 그래서 사회를 경험하지 않고 학교 밖으로 던져지면 우리는 자유와 동시에 불안을 경험합니다. 자유도 즐기지 못하고 불안도 극복하지 못하고, 자유와 불안 사이에서 시소를 타며 나이는 더해집니다. 이제는 학교에서 이런 것들을 가르쳐주면 좋겠습니다. 자유와 불안의 양면을 인정하고 이 둘 사이에서 줄타기하는 방법 같은 거요. 정해진 커리큘럼을 전복하고 '자유로운 예술가'로 살아가는 것, 혹은 돈이 돈을 낳는 자본의 근육을 매만지는 것이 아니라 자본의 근육을 인정하고 예술의 자율성을 가까이해, 보다 향기로운 쉽게 지치지 않는 삶을 배우고 싶습니다. 응당 학교란 사회가 진정으로 요구하는 것들을 가르쳐야 하니깐.

매년 졸업시즌이 되면 졸업식의 어수선한 풍경을 멀리서 낯설게 지켜보며 영화, 죽은 시인의 사회를 함께 떠올렸습니다. 졸업과 함께 찾아온 자유 속에 잉태된 불안. 학교를 마치고 사회생활을 시작한 지 15, 6년이 지나 서면서 저는 깨달았습니다. 불안을 인식하고 인정하는 것으로부터 불안을 잠재울 수 있다는 것을요. 마치 선하면서 악한 사람처럼 모든 자유 안에는 불안이 깃들어 있고, 이것을 인정하는 것에서부터 진짜 삶이 출발해야 하는 것임을요. 안정된 껍질을 벗겨내고 새로운 소속으로 들어서는 모든 분들에게 경의를 표합니다. 지금 흔들리는 그 마음이 진짜라고. 이제 막 이방인이 된 새내기들에게 추천하고픈 노래입니다.

Englishman in New York / Sting

타인이 보기에 모든 것이
낯설어 보이는 이방인이지만
누가 무어라 하든 당당하게,
생각대로 행동하라고
자기 자신이 되라고 주문하는 곡이에요.

그룹 폴리스 이후 솔로활동을 하면서 낸 2번째 앨범에 수록된 스팅의 명곡 중 명곡입니다. 나온 지 30년이 넘었음에도 여전히 세련됨을 유지하고 있는 곡이고요. 남들과는 마시고 먹고 걷는 것조차 전부 다른 이방인이지만, 남들 시선을 개의치 않고 여유로움을 보여주는 가사 속 주인공은 마치 스팅 자신을 노래한 것 같아요. 내한 공연에서 보여준 스팅의 모습도 그랬습니다. 한 마디 말없이 오로지 노래만으로, 숨소리와 노랫소리만으로 공연시간을 꽉 채운 그의 모습은 그야말로 여유로움 속 당당한 신사의 기품이었습니다.

위로, 작지만 달콤한 디저트 한 입

위로를 도화지 위에 그려야 한다면, 커다란 크리스마스트리를 그리고 싶습니다.

2004년, 엄마가 위암으로 세상을 떠나고 입사한 회사, 첫 직장은 아니었지만 그렇다고 중고신인의 노련함도 없었습니다. 개인적으로 참 힘든 시기였습니다. 부족한 실력은 인지하지 못하고 욕심만 넘치던 시기였고, 인간관계를 어찌 맺어야하는지 몰라 구석에서 남몰래 눈물을 닦았습니다. 미처 엄마의 부재를 극복하지도 못했는데 이름을 걸고 하는 일마다 구멍이고, 마음은 외롭고, 어디 기대고 싶지만 세상은 제게 등을 돌린 것 같았습니다. 더 힘들었던 것은 이런 모든 상황에도 불구하고 '지금 난 괜찮지 않다가 아니라, 난 괜찮다, 씩씩하다'를 보여주며 살아야했기 때문이었죠. 아마 2번째 사춘기였는지도 모르겠습니다. 배곯은 적 없고 누울 자리 없던 것도 아니었지만 하루하루 어떻게 살아야하나 고민이 많던 나날이었습니다.

어느 이른 겨울, 11월의 끝자락 퇴근길이었어요. 날은 막 추워지는 무렵이었고, 그날따라 코트의 무게 때문이라고 변명하고 싶은 어깨 결림이 심하게 느껴졌습니다. 그 날까지 울면 더 이상은 가망이 없는 구제 불능한 낙오자가 될 거 같은 기분이었습니다. 세상의 공기는 너무 모질게 느껴졌습니다. 회사 뒷문으로 나와 터덜거리며 구두를 끌다시피 하여 지하철역으로 향했어요. 거기서 천사를 보았습니다. 지하철 아케이드 구간에서 저는 세상에서 가장 따뜻한 크리스마스트리를 보았습니다. 과히 크지 않았고 화려한 장식도 없었지만, 작은 전구가 크리스마스트리에 앉아 반짝이는 모습은 살아 숨 쉬는 천사의 모습을 닮아 있었습니다. 깜빡이는 작은 전구는 힘든 하루를 녹이는 빛이었고, 따스한 위로를 전하는 손길이었고, 내일은 더 밝을 거라 응원하는 마음이었습니다. 세상에 숨어있는 천사가 모두 숨을 쉬고 있을 필요는 없다는 것을 알았습니다.

위로는 사실 어려운 겁니다. 가족 혹은 친한 지인이 위로라고 뱉은 몇 마디가 당사자에게는 불필요한 말이 되거나 아니면은 또 다른 폭력이 되기도 하니까요. 하지만 한 가지는 확실히 말할 수 있습니다. 위로는 결코 말이 아니라는 것. 위로를 말로 주고받으려 할 때 위로는 위험해진다는 것. 지금껏 많이 아파봤던 사람은 알 겁니다. 위로는 말이 아니라 '함께'라는 것을. 어떤 위로든 그것이 공허해지지 않으려면, 공간이든 시간이든 감각이든 무언가를 공유해야하니까요. 진짜 위로는 한 곡의 좋은 음악이기 보다는 함께 음악을 듣는 이어폰 한 쪽 일테니까요.

그 한 쪽의 이어폰을 위해 음악이 있는 것이겠죠.

이 시간 무언가에 시달려 마음이 울고 있다면, 이 곡을 함께 들어봐요.

You are not alone / Michael Jackson

멀리 떨어져 있더라도
마음속에 있다면
언제나 혼자가 아니라고
위로해 주는 곡이죠.

이 곡은 우리에게 I believe I can fly로 잘 알려진 알 켈리가 자신의 소중한 사람을 잃고 난 뒤 상실감을 치유하고자 만든 노래입니다. 후에 이 곡을 마이클 잭슨에게 주었고, 1995년 마이클 잭슨의 새 앨범에 수록됩니다. 그리고 차트에 등장하자마자 빌보드 차트 1위에 올랐는데요. 훗날 무죄로 밝혀진 아동 성추행 혐의로 외롭고 힘든 시간을 보냈을 마이클 잭슨에게 이 노래가 위로 그 자체이지 않았을까요.

달콤한 인생

정보를 입력하기 보다는 손으로 받아 적기가 편한 사람. 과일은 꼭 눈으로 보고 사야하고 신발은 꼭 신어보고 사야하고 미용실이나 병원을 인터넷으로 예약하기 보다는 전화로 예약하는 사람, 저도 그들 중 하나입니다. 스마트한 디지털 세상이 아직도 저는 많이 어렵습니다. 휴대폰을 열어서 일정을 정리하기보다는 꼭 펜을 가지고 다니며 일정을 하나하나 수첩에 적어 내려가야 마음이 편합니다. 그리고 혹시나 나중에 그 수첩을 다시 열어볼까 버리지도 못하고 서랍에 무심히 쌓아둡니다. 그러다 지난 주말이었습니다. 뉴스 근무를 하면서 문득 회사 책상 서랍을 열어보았는데, 묵은 수첩하나가 툭 떨어졌습니다. 얼른 주워 요리조리 살펴봤습니다. 작년 9월 달력 한 쪽 모퉁이에는 이런 글이 적혀있었습니다. "실패? 난 그런 걸 만난 적이 없다. 다만 잠깐 멈췄었을 뿐이다." 어느 위인의 말을 받아 적어놓은 글이었죠.

방송을 한다는 건 참 멋진 일이지만 한편 사람들의 평가에서 자유로울 수 없습니다. 누가 뉴스를 잘하니 못하니, 누가 음악방송에 어울리느니, 누구의 외모는 어떻다느니. 사람들에게 가장 잘 드러나는 직종이 아나운서이기 때문에 즐겁기도 하고 보람도 있지만, 때로는 사람들의 입방아에 상처도 쉬이 받고 스스로를 너무 아프게 책망하며 우울해지기도 쉽습니다. 최소한 저는 그런, 그랬던 사람이었습니다. 아마 '실패가 아니라 잠깐 멈춤이다' 라는 글을 써놓은 날도, 마음속에서 비바람이 몰아치는 서글픈 날이었나 봅니다. 하지만 남들의 잣대에 휘둘려 스스로를 아프게 만들고 후회하고 다시 평가 받고의 사이클을 거치면서, 다른 사람이 아닌 나 자신마저 나를 힘들게 하지 말자는 생각을 갖게 되었습니다. 가뜩이나 의기소침한 나를 내가 더 못살게 굴 필요는 없다는 걸 많이 아파본 후 깨달았습니다. 이제는 스스로를 못 믿고 다그쳤던 과거를 뒤로하고 '셀프격려' 같은 것을 자주 해주려고 합니다. 달콤하고 먹기 아까운 예쁜 케이크도 먹여주고, 유행이라는 옷도 가끔 선물하고, 좋은 책도 읽어주고.

살다보면 누구나 내 자신이 참 못나 보이거나, 후회될 일을 할 때가 있죠. 사람이니깐.

그럴 때 훌훌 털고 일어날 수 있는 테라피가 있나요?

'오늘 나 왜 이럴까...' 내가 나인 게 참 힘든 분께 한 곡의 노래를 선물하고 싶습니다.

It's my life / Bon Jovi

행운은 저절로 오지 않으니
스스로 만들어가라고
굽히지 말고 물러서지 말라고
용기를 주는 곡입니다.

80년대 데뷔해서 지금까지 성공적인 밴드 생활을 이끌어 가고 있는 팝메탈 밴드가 본조비 말고 또 있을까요? 이 곡은 꿋꿋하게 굴하지 않고 자신만의 길을 가겠다는 본 조비의 자전적인 고백과도 같은 노래죠.

80년대 그들이 데뷔했을 때, 많은 이들은 과연 메탈 밴드가 성공할 수 있을까하고 의구심을 품었었죠. 하지만 그들은 보란 듯이 대중적으로 그리고 음악적으로도 성공을 거둡니다. 얼마 후 얼터너티브 록이 유행을 하고 힙합이 대세를 이루는 2000년대가 들어서고 메탈 장르가 시들해졌음에도 불구하고 본조비는 자신이 추구해온 음악 그대로 들고 나와 또 한 번 성공을 거두게 되는데요, 바로 그 노래가 이 곡 It's my life 입니다. 누가 뭐라 해도 난 나만의 길을 가겠다고 시원하게 외치는 본 조비. 들을 때면 가슴 속 응어리가 풀리고 불끈 힘을 주는 노래입니다.

용기

한때 유학을 가볼까 하는 부끄러운 헛꿈을 꾼 적이 있습니다. 어렸을 때 만화가 김숙을 좋아했는데, 그녀의 작품 중에 주인공이 패션 디자이너인 작품이 있었습니다. '코코샤넬', 우리가 흔히 알고 있는 가브리엘 샤넬의 일대기를 그린 작품이죠. 한참 예민하던 시기에 본 만화책에 전 폭 빠졌고 가브리엘의 멋진 삶을 남모르게 동경하게 되었습니다. 그리고 10년 후, 패션에 조금 관심이 있던 저는 패션 디자이너라는 갑작스럽고도 생뚱 맞은 꿈을 구체적으로 그려보게 됩니다. 유학을 가자, 미국이 좋을까 유럽이 좋을까, 예술학교에 들어가려면 포트폴리오가 있어야 한다는데 등등. 그리고 재능은 무시한 채 '디자이너'라는 꿈을 마음속에서 키웠다 줄였다 반복합니다.

20대 후반의 어느 싱숭생숭하던 날. 얄팍하게 꿈꾸었던 패션 디자이너라는 소망을 이루겠다고 결심했습니다. 사실 그것은 패션 자체가 너무 좋아 꼭 이루겠다는 간절함 때문이 아니라 세파에 치이고 상처 입은 마음의 도피처로 꼽아 본 것이었습니다. 남들은 부러워할지 모를 방송국에 입사했지만, 재능도 없는 거 같고 왠지 지금 나의 이 자리는 내 자리가 아닌 거 같았습니다. 내가 정말 좋아하는 일, 잘하는 일을 찾아야겠다 생각했습니다. 결론은 '나에게는 예술적 재능 또한 없다'는 지극히 현실적인 이유와 재정적 여유도 없고 도피성 유학 이후 지금보다 더 잘 살 자신이 없다는 이유로 스스로를 설득한 결과, 아무 일도 벌어지지 않았습니다. 어쨌든 유학준비까지 했었으니 지금도 파리, 밀라노, 뉴욕, 런던 등 패션위크의 사진이 올라오는 걸 보면 설레고 흥분됩니다. 독창적이며 아름다운 의상을 보면 감탄사와 함께 '역시 내 길은 아니었구나.' 안도감도 들고요.

최근에 보았던 모 브랜드의 컬렉션은 눈부시다 못해 자못 충격이었습니다. 멋지고 파격적인 의상은 그간의 컬렉션과 마찬가지였는데 모델기용이 상당히 신선했습니다. 만화책에나 나올 법한 기럭지의 흑인 여성 모델이 눈에 띄었습니다. 백반증 때문에 그녀의 몸은 까만 피부 위에 크고 작은 하얀 반점들이 군데군데 자리 잡았습니다. 허나 고운 선을 가진 이 여성 모델은 얼룩덜룩한 얼굴과 몸이 더 드러나게 탱크탑과 미니스커트를 소화했습니다. 패션과 온 몸이 하나의 예술로 아름다웠습니다. 이 백반증의 여성 모델은 캐나다 출신의 '위니 헬로우'. 그녀는 학창시절 얼룩덜룩한 피부색으로 심한 놀림을 받았고 결국 고등학교를 중퇴했죠. 그 후 극단적인 선택 앞까지 갔었습니다. 하지만 자신의 꿈을 놓지 않은 그녀는 미국의 모델 서바이벌 프로그램에 출연하고 이제는 전과는 다른 길을 걷고 있습니다.

남성의류 컬렉션에서는 한 쪽 다리가 의족인 모델이 수트를 말끔하게 차려입고 나타났습니다. 바지 한 쪽은 의족이 다 보이게 접어올리고 당당하게 런웨이를 걸어가고 있었습니다. 그는 의족을 한 신사, 영국의 '잭 아이어즈' 입니다. 그는 오른쪽 다리가 정상적으로 자라지 않고 무릎관절을 움직일 수도 없는, 대퇴부의 부분적 결손 장애를 가지고 태어났습니다. 오랜 고통 끝에 결국 그는 불편했던 다리를 자르는데, 그 일이 자신이 한 결정 중 가장 잘한 결정이라고 말합니다. 다리를 절단하면서 소방관이 되려던 꿈과는 멀어졌지만 퍼스널 트레이너를 거쳐 현재 그는 모델로 활약 중입니다. 물론 몇 마디의 말처럼 쉽진 않았죠. 모델로서 옷보다 의족이 먼저 눈에 들어온다는 이유 등 그가 포기할 이유들이 많았습니다. 하지만 잭은 멈추지 않았고, 결국 꿈의 무대인 뉴욕 패션위크의 한 면을 장식합니다.

이 뿐만 아니죠. 선천적 기형인 비골 무형성(fibular hemimelia)을 가지고 태어났지만, 체조선수와 모델로 활약 중인 영국의 어린 소녀 '데이지-메이 드리트리', 앞이 보이지 않는 뉴스 앵커 '이창훈', 적외선을 이용해 작업을 하는 시각장애 사진작가 '피트 애커트', 그리고 디스에이블드 소속의 지적장애인 예술가 등이 그들이죠.

앞선 패션모델의 사진을 처음 접했을 때 공익광고인줄 알았습니다. 다름을 이해하자는 장애인식 변화를 추구하는 광고라고 생각했습니다. 정말 이들이 사람들의 말 한 마디에 홍망을 달리하고 자본에 민감한 패션계의 한 쪽을 담당하리라고는 상상도 못했습니다. 하지만 이들은 다른 여타의 모델과 동등한 입장에서 대등한 대접과 평가를 받으며 역량을 드러내고 있습니다.

생명이 있는 곳에 희망이 있다고 했나요. 외적인 모습이 중요한 모델 세계에서 어려움을 딛고 자신만의 무대를 만드는 멋진 그들에게 박수를 보냅니다.

"용기는 사람을 죽이지 않고 더 강하게 만든다." _니체

I believe I can fly / R Kelly

자기 자신을 믿으라고, 자신을 믿을 때
하늘을 나는 기적까지 이룰 수 있다고
용기를 주는 곡이에요.

알 켈리는 마이클 잭슨의 You are not alone과 이 곡을 만든 90년대 R&B를 평정한 천재 싱어 송 라이터입니다. 이 곡은 당대 최고의 농구스타 마이클 조던이 출연한 영화, 스페이스 잼 주제가로도 쓰이면서 미국과 우리나라에서 큰 인기를 얻었는데요. 뛰어난 멜로디뿐만 아니라 스스로를 믿고 용기를 내보라는 감동적인 가사 때문인지 여전히 많은 애청자들이 이 곡을 듣고 힘을 낸다는 사연을 보냅니다.

행복은

생방송 중에 누군가 물어옵니다. "지수님, 지금 행복하세요?" '행복', 어려운 질문이죠.

많은, 아니 거의 모든 사람이 추구하는 가치가 행복이지만 정말 자신이 행복한지 반문해 본다면. 이번 달 빠져나갈 카드 값을 계산하고, 부모님 건강이 신경 쓰이고, 여름휴가는 갈 수 있을지 없을지 확신이 없고. 이것저것을 고려해보면 나는 그다지 행복하지 않은 사람 같습니다. 허나 진짜 행복은 크고 작은 고민이 없어서가 아니라 고민을 끌어안고도 유머를 받아들이고 밥을 먹고 몸을 지키는 데서 시작되겠지요. 한 스님이 말씀하십니다. '해탈이란 완벽하지 않은 것들에 대한 불안이 없는 것'을 뜻한다고요. 그리고 내 마음과 세상살이가 만나 충돌을 일으키면 행복을 연습할 때라고요.

최근에 느꼈던 행복은 이것이었습니다. 몇 년 전 어느 기부단체에서 선물로 나눠준 이름 모를 화분을 책상 오른쪽 끝에 두었습니다. 삭막하고 외로운 사무실 책상에 푸름을 자랑하는 친구가 있으면 왠지 좋을 거 같다고 생각했습니다. 예전 같으면 애초에 화분이라면 공짜라도 사양했을 텐데 이 친구를 보던 순간은 묘한 스파크가 튀었습니다. 그리하여 사무실 오른쪽 공간을 덜컥 내어주고 말았습니다. 그리고 제가 마시다 남은 물은 어김없이 화분에게 부었습니다. 마치 무조건 한 잔을 권하는 회식자리의 갑질 상사 같다고나 할까요. 말 못하는 식물에게 어제는 종이컵 2컵 분량의 물을 따라주고, 오늘은 한 모금도 주지 않고, 그 후 며칠 또 까맣게 잊다가 물이 또 남으면 '마셔라 부어라' 하며 화분 받침대가 넘치도록 콸콸콸 남은 물을 부어주었습니다.

이번 여름, 몇 년 만에 처음으로 7일 간의 휴가를 다녀왔습니다. 휴가를 떠나기 전부터 신경 쓸 일이 한 두 가지가 아니었습니다. 항상 먹다 남긴 물이나(?) 먹고 사는 화분은 거들떠 볼 수도 없었죠. 그런데 휴가 첫 날 휴양지에서의 아침, 문득 이 화분이 기억 한 구석에서 무대중앙으로 자리를 옮겼습니다. 화분이 죽을까봐 덜컥 겁이 났습니다. '혹시 일주일 넘는 기간 물 한 모금 마시지 못해 사망하면 어쩌나' 걱정이 자라기 시작했습니다. 휴가동안 가끔씩 생각하니 살아남을 가망이 없어 보였습니다. 그런데 휴가를 마치고 서둘러 사무실에 도착하니 웬걸요, 이 친구는 왼쪽으로 더 굵고 단단한 가지를 뻗어대고 있었습니다. 안도와 무지를 동시에 깨닫는 순간이었습니다. 그동안 얼마나 제가 생명대접을 못해줬나 반성도 했습니다. 어쩌면 제 휴가에 맞춰 그 화분도 저로부터 휴가상태였는지도 모르겠습니다. 불규칙한 식사 때를 벗어나 자신을 비울 수 있는. 그렇게 화분과의 화해를 하고 저는 안도의 기쁨을 맛보았습니다. 그리고 쳇바퀴를 돌리는 다람쥐의 무탈함이 주는 커다란 의미를 생각하게 되었습니다.

Happy / Pharrell Williams

평범한 일상일지라도
박수를 치고
행복을 느껴보라는
긍정 끝판왕 곡이에요.

퍼렐 윌리엄스는 이 곡을 만들면서 24시간짜리 뮤직 비디오를 제작합니다. 이 곡을 듣고 또 이 곡의 뮤직 비디오를 보는 모든 이들이 하루 24시간 내내 행복해졌음 하는 바람에서.
행복은 작고 사소한 것에 깃들여 있나 봐요.
화분에도, 그리고 3분 53초의 짧은 노래에도
담겨 있는 것처럼.

아침, 새로운 떨림, 여전한 기회

아침은 신비함을 갖고 있는 시간대입니다. 늦잠자고 뭉그적거리는 날은 아침시간이 금세 증발하고, 힘이 들고 몸이 무거운 날일지라도 일찍 하루를 시작하는 날은 아침이라는 시간동안 참 많은 일들을 할 수 있죠. 하지만 아침의 진정한 신비는 매일 한 번, 새롭게 온다는 것 아닐까요.

비비안 리가 스칼렛의 입술로 얘기한 적도 있잖아요.
"내일은 내일의 해가 뜬다."
_소설 《바람과 함께 사라지다》 중에서

지난 화요일. 싱글인 후배가 퉁퉁 부은 얼굴로 나타났습니다. 얼굴이 부었다는 사람들의 말에 평소 활발하던 후배는 애써 의기소침하지 않은 척 하며 야식을 했다고 말했습니다. 평소 끊임없는 다이어트에 지쳐 야식을 먹은 건지, 남친이랑 문제가 있는 건지, 회사일이 꼬이는 건지 정확한 건 알 수 없었지만 퉁퉁 부은 눈은 지난밤이 힘들었음을 보여주었죠.

밤새 울다 얼룩진 베개를 베고 잠들어 본 적이 있는 사람은 어른입니다. 사랑하는 사람과의 헤어짐, 면접 후 '죄송합니다'라는 답변을 확인했을 때, 어린 자녀가 병원에 입원해 괴로워할 때 등 베개는 경추의 무게를 덜어주기 위해서가 아니라 삶의 무게를 나누기 위해서 존재합니다. 이 책을 읽고 있는 당신도 언젠가 남모르게 밤새 울다 지쳐 잠들었던 경험이 있는 사람이길 바랍니다. 그렇게 울던 경험이 있는 사람은 다른 사람의 고민과 고통도 나눌 준비가 되어있는 사람이니까요. 그리고 여기서 그치지 않고 그렇게 못 견디게 힘든 밤을 보내고 난 후, 자석의 N극과 S극처럼 너무 다른 찬란한 아침을 맞이했던 기억이 있는 사람은 먹구름 사이에도 태양의 눈부심이 숨어있음을 아는 사람입니다. 끝나지 않을 거 같던 밤을 건너 새로운 아침을 맞았을 때, 햇살이 너무 곱고 공기가 너무 향기로워서 퉁퉁 부은 얼굴에 미소가 번지는 경험이 누구에게나 새겨지길 바랍니다. 혹시라도 그런 기억이 없다면, 꼭 그런 아침을 만나보길 바랍니다. 어제까지 암흑이었고 적대적이었던 세상이 하룻밤 사이에 어찌 그리 온화한 미소로 나를 감싸 안아줄 수 있는지 얄밉기도 하고 고맙기도 합니다. 밝은 아침은 신선한 떨림이고 기회이기 때문입니다.

시간이 약이라죠. 우리는 매일 아침, 새로운 희망이라는 긍정의 약을 처방 받습니다. 어제와 오늘 달라진 것은 날짜뿐인데 같지만 다른 태양으로부터 참신한 기운을 얻습니다. 이런 날이, 이런 아침이 당신에게도 분명히 있고, 또 있을 겁니다.

준비물은? 푹 자고 난 후의 불투명한 시선과 무겁지도 가볍지도 않은 몸, 그리고 고요한 머릿속이면 충분합니다.

Early in the morning / Cliff Richard

이른 아침 맑은 공기를 들이 마시며
매일 아침마다 신선한 떨림을 느낀다는
아침 예찬 노래입니다.

영국에선 비틀스 다음으로 국민가수라 불릴만한 클리프 리차드입니다. 여든에 가까운 나이에도 불구하고 여전히 라이브 공연 무대를 해내가고 있을 만큼 대단한 열정을 보여주고 있어요.

우리나라와는 좀 더 특별한 추억을 갖고 있죠? 보통 인기가 시들해지고 난 뒤 내한하는 팝스타들과 달리, 69년 당시 동시대 스타로선 최초로 내한공연을 가졌기 때문인데요. 당시 여성 관객들이 자신의 속옷을 벗어 던졌다는 등의 이야기가 돌면서 신문 사회면에 까지 기사가 실릴 정도였습니다. 클리프 리차드는 지금도 그때의 뜨거운 반응을 기억한다고 합니다.

이 곡 Early in the morning은 클리프가 리메이크 한 곡입니다. 원래 배니티 페어라는 그룹이 불러서 히트시킨 곡인데, 그가 다시 한 번 부른 거죠. 그런데 이 곡은 영국 그리고 미국에서 별 반응을 이끌어 내지 못했고요. 유독 아시아권에서만 히트했습니다.

커피머신 홀릭

유명 셰프들의 주방을 훔쳐볼 기회가 있었습니다. 어느 잡지에서 소개한 쉐프의 주방이었습니다. 먹다 남은 국 냄비가 가스레인지에 위에 올려져있고, 김치자국이 선명한 도마가 세워져 있는 곳이 역시 아니었습니다. 그들의 주방은 이름도 색깔도 복잡한 조미료들, 다양한 크기와 소재의 도마들, 그 밖에 듣도 보도 못한 셀 수 없이 많은 연장들이 오차를 허용하지 않고, 각을 맞춰 긴장된 모습으로 군부대처럼 정렬되어 있었습니다. 그곳은 레스토랑의 주방이 아니라 셰프의 개인적인 주방이었지만 프로페셔널함으로 무장한 공간이었죠. 마치 작가의 서재는 작은 도서관 같은 느낌을 주는 것처럼.

제 눈에 띄었던 주방은 세상에 좀 덜 알려진 어느 여성 셰프의 주방이었습니다. 그녀는 요리보다는 커피에 관심이 많은 사람이었고, 더 솔직히는 커피보다는 커피머신에 관심이 많았습니다. 커.알.못.인 저에게 커피는 물론이고 커피머신은 더더욱

외계인에 가까운 낯선 상대다보니, 그녀의 주방은 마치 이국적인 여행지 같았습니다. 그녀의 주방 한편에 자리한 커다란 장식장은 어딘지 독특한 향을 풍겼습니다. 커다란 옷장 크기의 장식장이었는데 가운데는 책상처럼 상판만 덩그러니 있고 그 위아래로 수납장이 있는 구조였습니다. 그 상판 위에는 외로울 때 찾는다는 하늘 색 커피머신, 보통날 아침을 책임지는 다갈색 커피머신, 친구들을 초대해 커피를 내릴 때 쓰는 수동식 커피머신, 아이스커피를 만들 때 제격인 커피머신, 새로운 느낌을 주고 싶을 때 꺼내는 커피머신 등등. 전문 바리스타가 아닌 그녀가 커피머신에 집착하는 이유는 커피 혹은 커피머신에서 커다란 위안을 받고 있다는 것, 그리고 그것으로 생계를 꾸리고 싶진 않다는 속마음을 읽을 수 있었습니다.

나의 지친 하루를 털어놓을 상대가 있다는 건 축복이면서 동시에 의무기도 합니다. 하루 동안의 소소한 일들을 나누면 상처는 작게, 미소는 크게 만들 수 있으니까. 그리고 나의 일상을 공유하는 그 상대는 꼭 꿈틀대는 생명체일 필요는 없습니다. 아니 오히려 생명이라는 변화무쌍한 가능성이 없는 것이라면 더 좋습니다. 숨이 붙어있는 것은 나의 의도와는 상관없는 방향으로 흘러가 나를 더 힘들게 할 수도 있으니까요. 어느 작가는 글을 쓰다가 막히면 모든 것으로부터의 접속을 끊고 서재에 들어가 책을 읽는다고 고백합니다. 요리를 하다 상상력이 고갈되면 텃밭을 가꾸는 셰프의 이야기도 생각납니다. 소진된 에너지를 채우기 위해 여행가방을 챙기는 디자이너의 이야기도 떠오릅니다. 이것을 취미라고 부를 수도 있지만, 취미보다는 더 지속성이 있는 것들이어야겠습니다. 아니 취미로 시작했지만 그보다는 더 진지한 내 생활의 방패 같은 존재면 좋겠습니다. 마치 오래된 친구는 친구를 넘어 때로는 부모역할, 선생님역할, 애인역할을 해주는 거처럼 말입니다.

정신분석학자 프로이트는 정신치료의 최종 목표를 '일과 사랑을 할 수 있는 상태'로 보았습니다. 따라서 다 큰 성인이라 할지라도, 심지어 이미 아이를 키우고 있는 부모라 할지라도 애착물건을 찾는 것은 문제가 없다고 얘기합니다. 애착의 대상은 사실 성인에게 더 필요한지도 모르겠습니다. 아이들처럼 대놓고 담요나 인형을 안고 다닐 수 없는 성인은 아이보다 더 외롭고 무언가를 더 그리워하는 지도 모르겠습니다. 외롭다, 그립다, 슬프다는 감정은 약한 감정이 아닙니다. 오히려 당당하게 나를 표현하고 지켜가는 적극적인 방법입니다.

그 어떤 미로보다 복잡하고 브레이크 없이 굴러가는 거대한 바퀴 같은 세상. 이 피 말리는 매트릭스 안에서 속도를 지배하는 사람 혹은 쫓아가는 사람 모두, 잠시 세상의 궤도에서 벗어나 숨을 고를 시간과 의식이 필요합니다. 그 시간과 의식은 어수룩한 어른의 감출 비밀이 아니라 나를 지키는 버팀목이고 안식처입니다. 스누피에 등장하는 라이너스의 담요처럼 말이죠.

"당신이 쉼을 지키는 것이 아니라 쉼이 당신을 지킵니다."
《사람이 선물이다》 조정민 지음, 29쪽

Lean on me / Michael Bolton

삶의 무게에
고단하고 나약해졌을 때
자신에게 기대라고,
힘이 돼주고
친구가 돼 주겠다고
토닥여주는 위로곡입니다.

원래 빌 위더스가 1972년에 발표한 곡이죠. 빌이 가난하고 힘들었던 어렸을 적 탄광 도시에 살 던 때를 떠올리며 지었다고 해요. 빌은 어린 나이에 아버지를 여의고 어머니, 할머니와 함께 자랐고요. 어려운 가정 환경으로 일찍이 군에 입대해 9년씩이나 군 복무를 했습니다. 제대 후엔 뮤지션의 꿈을 꾸었지만 쉽게 이룰 수가 없었죠. 여러 회사를 전전하며 밤마다 데모 테이프를 만들어서 음반 회사에 보냈지만, 그를 찾는 회사는 없었습니다. 수입의 대부분을 데모를 제작하는데 써야만 했다고 하는데, 천신만고 끝에 32세라는 적지 않은 나이에 데뷔를 합니다. 그리고 1972년 2집 앨범에서 이 곡이 빌보드 싱글 차트 1위에 3주간 머물면서 꿈에 그리던 스타가 되죠. 자신의 경험담이어서 그런지, 이 곡의 가사는 여전히 듣는 이들에게 진솔한 울림을 전해 줍니다.

SIDE B

안녕하세요
유지수의 해피송입니다

C
The Doors
Eagles
Hendrix
K

훌쩍 떠난다

흰 머리가 하나 둘씩 생기면서 알게 된 사실 하나.
'나는 여행을 좋아하는 사람이 아니다.'

20대까지, 아니 불과 30대 초중반까지 저는 늘 여행에 목말라 있지만, 돈이든 시간이든 형편이 안 돼서 자주 못가는 팔자라며 스스로를 다독였습니다. 허나 마흔이 되고 보니 그게 아니라는 것을 깨달았습니다. 마음만 먹으면 가까운 국내여행이나 중국, 일본, 동남아 등 못 갈 것이 아니지만 혹여 특근이 없는 황금연휴일지라도 문어처럼 빨판을 딱 붙이고 집에만 있습니다. 일단 저는 교통수단에 오랫동안 몸을 맡기는 것을 굉장히 버거워합니다. 자동차는 멀미나서, 기차는 좌석이 불편해서, 비행기는 좌석도 불편하고 화장실도 불편하고 이착륙 때 고막의 팽창도 견뎌야하고 기내식도 입에 안 맞아서 가급적 피하고 싶은 상대이죠. 게다 잦은 이사 때문에 질린 건지 짐을 싸고 푸는 일도 고역입니다. 물론 은행잔고가 착하다면 이런 핑계가

통하지 않겠지만, 은행잔고도 음양의 조화를 맞추려고 왔다 갔다 하는 형편 덕에 입맛에 딱 맞는 여행을 떠나긴 어렵더라고요. 그래도 혹시나 하는 마음, 그리고 남들이 간다니깐, 애들 핑계 삼아 일 년에 한 두 차례 떠날 때가 있습니다. 그럴 때는 새로운 경험을 앞둔 설렘으로 한동안 신나기도 하지만 곧 짐을 쌀 날이 다가오면 여행에 대한 아득한 두려움이 밀려옵니다. 대한민국 국민의 공통 취미가 여행인 시대에 여행비호가로서의 취향은 갸우뚱할 일인지도 모르겠습니다.

그런 제가 발견한 것이 하나 있습니다. 제가 사랑하는 것은 유람과 관광을 하고 탐험하는 여행이 아니라 잠시 일상을 비껴가는 일인 것을. 낯설어지는 것을 사랑한다는 것을요. 가령 이런 것들입니다. 새로운 식당이나 새로운 메뉴에 도전하기, 비가 쏟아지는 주말 쾌적한 사무실에서 혼자 웹서핑하거나 책보기. 아무도 없는 사무실에 홀로 앉아 책상을 정리한다거나 읽다만 책을 꺼내보는 것은 학창시절 몰래 다니던 만화방에 앉아있는 것처럼 묘한 쾌감이 있습니다. 그 쾌감은 네모반듯한 일상에서 잠시 나와 동그라미도 되어 봤다가 세모도 되어보는 감성 갈아입기 같은 것이죠. 아마 여행을 사랑하는 많은 사람들도 '감성 갈아입기'를 위해 훌쩍 떠날 궁리를 하는 것은 아닐까요? 그리고 감성을 갈아입는 세련된 방법이 여행인 것이고요.

따스한 바람과 찬바람이 교차하던 날. 혼자 여행을 떠난다는 사연이 도착했습니다.

"오늘 첫 출석합니다.
처음으로 혼자 여행을 가는데 잘 갔다 올 수 있게
응원 한마디 부탁합니다." _010 9233 1**6

전파를 통해 글로만 만났지만 왠지 촉이라는 게 있습니다. 사연마다 어렴풋이 성별이 보이고 직위가 보이고 역할이 보입니다. 이분은 역시 제 생각대로 여자분 이셨습니다. 아마 혼자만의 여행을 앞두고 들뜨고 설레면서도 두렵고 무서운 마음까지, 여러 마음으로 울렁증을 앓다가 라디오에 사연까지 보낸 겁니다. 문득 저의 외로웠지만 당당 담담했던 여행이 떠올랐습니다.

둘째 임신 7개월 즈음. 원래는 임신 5, 6개월 사이에 휴가를 갈 계획이었지만 회사 일을 최우선으로 하는, 저는 아니고, 아무개씨 덕에 휴가를 미루게 되었습니다. 당시 큰 언니가 런던에 있던 터라 언니도 볼 겸 뱃속 둘째와 런던행 비행기에 올랐습니다. 숙소와 아침저녁은 언니 집에서 해결했지만 그 외의 시간은 혼자였습니다. 임신 7개월의 몸으로 대영박물관, 무슨 무슨 미술관 등을 세차게 다녔습니다. 임신한 몸으로 다니니 오히려 배려도 많이 받고 태교를 겸한 의미 있는 일정이었죠. 그중 런던 1일 투어로 만난 한 무리의 유모차부대. 임신 7개월의 혼여족인 저를 대단타 하였지만 제 눈에는 14개월, 8개월, 21개월 등등의 아가들을 데리고 스페인에서부터 건너온 어머니들이 더 대단케 보였습니다. 여행이 과연 어떠한 의미가 있기에 기저귀도 떼지 못한 아가가, 이유식을 먹는 아이가, 임신 7개월의 산모가 이렇게 집착하는 것일까 생각해 보았습니다.

낯선 것을 찾아 떠나는, 익숙한 것으로부터 의도적으로 멀어지는 여행은 타임스케줄이 정해져있는 일상에서는 찾기 힘든 자유와 그 안에 스민 여유가 있습니다. 여행지에서는 의상도 달라지고 끼니를 해결하는 방식도 조금 달라지기 마련이죠. 인사를 나누고 소통하는 사람들도 당연 달라지고요. 그리고 무엇보다 내가 걸어온 발자취를 찾아볼 수 '없다'는 매력이 있습니다. 누군가의 딸, 아내, 엄마, 또 사회에서의 역할에서 자연스레 이탈해 망가질 수 있는 여지가 있습니다. 그런 일탈과 여유를 누리기 위한 세련된 방법이 여행이란 생각이 듭니다. 얼마 전 아이들과 대만 여행을 마친 후배가 얼마나 힘이 들었는지를 땀 흘리며 이야기 했습니다. 아이들과 함께한 여행은 행복하지만 여행이 아니라 고행이었다고 후배는 고백했습니다. 그 이유는 현재 처한 공동체의 직분, 엄마라는 역할이 여행 내내 따라다녔기 때문이겠죠. 우리가 꿈꾸는 여행은 명함 속 나의 위치를 지우기 위함인데 그렇지 못했기 때문에 여행의 만족도가 떨어지는 것이었습니다. 이는 한편 반갑기도 합니다. 명함 속 내 좌표를 지울 수 있다면 당장의 자리에서도 얼마든지 여행이 가능한 것이니까요. 여행지가 꼭 야자수가 우거져있고 얼음 둥둥 뜬 칵테일이 세팅된 남태평양 바다 위일 필요는 없으니까요.

나를 규정짓는 것들로부터 의도적으로 멀어지는 것, 그것이 여행 아닐까요.

고로 비행기에 몸을 싣든, 한적한 사우나에서 몸을 풀든.

Africa / Toto

광활하고 신비로운
아프리카를 찬양하는
아프리카 주제곡이죠.

당대 최고의 연주가들이 의기투합해 만든 슈퍼그룹 토토의 곡입니다. 수많은 명곡과 히트곡들이 있음에도 토토는 유독 빌보드 차트와는 인연이 없었는데요. 이 곡이 토토의 유일한 빌보드 1위 곡입니다. 토토의 멤버들은 아프리카가 자신들의 최대 히트곡이 될 줄은 꿈에도 몰랐다고 말해요. 그저 앨범의 한 트랙을 채우기 위해 만들었을 뿐인데 차트 석권은 물론이고 그래미까지 수상하게 된 거죠. 그리고 또 한 가지 놀라운 사실! 아프리카를 가보지도 않고 상상으로 노래를 만들었다고 하네요. 그럼에도 불구하고 전주만 들어도 아프리카 행 비행기 속 나를 상상케 만드는 마력을 지닌 곡이죠.

늦은 사과(謝過)는 없다

몇 년 만에 찾아온 회사 워크숍 당일 저녁. 강화도에 있는 모 펜션으로 삼삼오오 모였습니다. 저는 어느 선배와 제 차를 함께 타고 강화도로 달렸습니다. 한 때 상사와 부서원으로 지낸, 편치만은 않은 사이라 어색한 적막과 고요만이 차 안을 덮었습니다. 열 살쯤 많은 선배께서 먼저 말문을 여셨습니다.

"지수씨, 내가 부장일 때 고생했지?"

너무나 뜻밖의 고백을 듣고 순간 핸들을 놓칠 뻔 했습니다. 사실 그녀는 악랄하거나 괴팍하거나 신경질적인 상사는 아니었습니다. 다만 잔소리가 좀 많았고, 본인도 위에 답답하고 깐깐한 국장을 모시고 있던 입장이라 위 아래로 스트레스가 많아서 항상 스트레스에 체해있던 인물이었습니다. 3년여의 임기를 끝낸 후 홀가분한 표정으로 자리를 비우던 그녀. 눈물 빠지게 혼을 내던 선배가 어느 날 문득, 자신 때문에 고생 많았다 얘기하니 몸을 냉탕에 넣었다 온탕에 넣었다 한 것처럼 얼얼했습니다.

인생은 타이밍이고 사랑고백도 사과도 일도 공부도 모두 '제때'를 잘 맞춰야 한다고만 알고 있었습니다. 늦은 고백, 늦은 사과, 늦은 주문은 뒷북일 뿐이라고 생각했습니다. 하지만 뒤늦은 –어쩌면 몇 년이라는 숙성기간을 거치면서 더 잘 익은– 고백은 시간이 쌓이면서 향기로워지고 한층 부드러워졌습니다. 시간에 쫓겨 할 수 없이 내뱉은 사과의 말은 가시 제거가 미처 안 돼 또 다른 상처로 남을 수 있습니다. 그러나 충분한 시간 속에 우러난 사과는 진정성이 있습니다. 중요한 것은 사건이 일어난 후의 반응 시간이 아니라, 전하고자 하는 말의 숙성정도입니다. 우리의 일상생활에서, 그리고 가족 안에서 미안하다는 말, 사과한다는 말이 아직 많이 부족합니다. 나와 가장 가까운 인연을 맺고 있는 사람들이라 더 사랑하고 더 친근해서 더 미안할 일도 많이 생기게 마련인데 사과는커녕 관습적으로 뭉개기 일쑤입니다.

소설 《러브스토리》에서 그랬던가요. 사랑하는 사람에게는 미안하다는 말을 하지 않는 거라고. 그 얘기는 '사랑하는 사람에게 미안하다는 말을 참 많이 하게 되더라'의 역설적인 표현 아닐까요. 예전에 어떤 설문 조사가 있었습니다. 사람이 생의 마지막이라고 생각되는 극한 상황일 때 사랑하는 사람에게 가장 많이 하는 말은 '사랑해'도 '고마워'도 아니고 '미안해' 라고요. 고개가 끄덕여집니다. 가족에게 연인에게 더 잘해주지 못해서, 더 사랑하지 못해서, 먼저 떠나게 돼서 그저 미안할 뿐인 마음을 이해합니다.

'미안'을 사전에서 찾아보면 '다른 사람에 대하여 마음이 편치 못하고 부끄러움'이라 나와 있습니다. 하지만 부끄러워하지는 않았으면 좋겠습니다. 미안이라는 감정은 아주 솔직하게 마음 깊은 곳에서 흘러나오는 차분한 감정입니다. 타인을 이제라도 배려하고 싶다는 착한 감정이지 부끄러운 감정이 아닙니다. 그리고 그 미안한 마음을 거품 없이 전한다면 사람과 사람 사이에는 해가 비치고 꽃이 피겠죠.

Sorry seems to be the hardest word / Blue & Elton John

헤어진 연인이 다시 돌아와 주길 바라지만
미안하다는 말이 가장 하기 어려운 말이라고
씁쓸하게 읊조리는 엘튼 존의 명곡입니다.

엘튼 존이 1976년에 발표한 곡입니다. 2002년에 보이그룹 블루와 듀엣으로 리메이크해서 다시 한 번 큰 인길 끌었고요. 특히 블루와의 듀엣 버전은 원곡의 매력을 고스란히 살리면서도 현대적 감각의 선율을 덧입혀 이 곡이 왜 명곡인지를 엘튼 존 스스로 증명해 냈죠. 엘튼 존은 이 곡을 만들면서 앉아있는데 What I got to do to make you love me?(내가 어떻게 해야 당신이 날 사랑해 줄까요?) 이 가사가 그냥 입 밖으로 튀어 나와 버렸다고 하더라고요. 그의 천재성을 알 수 있는 한 대목이죠.

축적의 힘

딸내미가 전학 온 지 벌써 두 달. 전에는 한 반에 학생 수가 서른 명이 채 안 되고 한 학년에 두 반 밖에 없는 작은 사립학교를 다니다 한 반에 아이들이 마흔 명 가까이 되는 공립학교로 전학 왔습니다. 예전에 살던 곳에서는 본의 아니게 사립을 보냈습니다. 아주 소박한(?) 사립학교였지만 역시 사립이라 돈 낸 만큼 장점도 많았습니다. 하지만 다양한 친구를 사귀지 못한다는 안타까움이 있었죠. 그리고 예전 학교는 예술적인 활동을 중요시했고 음악에 관심 있는 친구들이 많았죠. 반면 이사 후 전학 온 학교에서는 공기놀이 바람이 거세게 불고 있었습니다. 특히 여자아이들의 공기놀이는 저의 어린 시절 보다 훨씬 더 뜨거웠고 반에서 공기 1인자가 누구인지, 본인은 어느 위치인지가 중요 문제가 되었습니다.

처음에 딸아이는 공기가 많이 서툴렀습니다. 아니 본인이 잘 못하는 걸 알고 공기하는 아이들 무리에 끼지도 못하고 먼발치에서 바라봤답니다. 그 후 공기를 사달라고 조르고, 일어나자마자 연습하기 시작하고, 공기를 손에 쥐고 자기 시작하더니 두 달 후, 당당하게 교실 내 4인자의 자리까지 올랐습니다. 아이가 스스로 이뤄낸 첫 번째 쾌거가 아닐까 싶습니다. 그리고 아이의 성장에는 공기를 할 때 손의 동작, 처음 공깃돌을 펼치는 기술, 꺾기의 요령 등 왕년에 한 공기했던 엄마의 지도도 한 몫 하지 않았을까요? 하하.

아이작 뉴턴은 이런 말을 남겼습니다. "거인의 어깨 위로 올라서라. 거인의 어깨 위에 올라선다면 더 멀리까지 볼 수 있다." 뉴턴은 자신보다 먼저 비슷한 과학적 연구를 했던 갈릴레오, 케플러, 데카르트 등의 결과물을 통해 자신의 연구 업적을 완수했다고 이야기합니다. '자신보다 앞서 과학의 신비를 풀고자 했던 거인의 어깨 위에 올라선 덕분'이라고. 그것은 겸손하지 않아도 될 자의 안전한 자기보호 장치 같은 것이지만 동시에 뉴턴 스스로도 부인할 수 없는 사실입니다. 축적된 지식의 보고가 없었다면, 그는 떨어진 사과를 보며 만유인력을 깨치기보다, 계절의 신비를 알아채거나 새로운 사과 샐러드를 만드는 것에 그쳤을지도 모릅니다. 거인의 어깨를 빌리는 데에는 분야가 따로 없습니다. 과학이 그렇고 수학이 그렇고 스포츠가 그렇고 건축이 그렇고 문학이 그렇고 의학이 그렇고 교통수단, 통신, 언어 등 분야를 따지는 것이 무의미 할 겁니다. 아마 인류가 거인의 어깨에 기대지 않았다면, 인류의 모든 유산은 모래성처럼 만들어지고 사라지고를 반복했겠죠. 그리고 지금 이 순간,

무언가 흔적을 남기고자 하는 사람들은 컴퓨터 자판을 두드리는 대신 칼로 연필심을 다듬고 있었을지도 모르겠습니다.

‘백짓장도 맞들면 낫다’는 속담처럼 너와 내가 함께할 때 1+1는 2가 아닌 때로는 3, 4, 5의 힘을 발휘합니다. 그 힘은 더 높게 쌓이고 쌓여 단 한 번도 존재하지 않았던 아름다운 꽃을 피웁니다. 때로는 옆으로 넘치고 넘치게 흘러 풍요로운 옥토를 만들어 놓습니다.

방송가에도 족보 같은 것들이 있습니다. ‘청취자들이 좋아하는 팝송 1000’ 같은 것들이죠. 물론 족보에 올라있는 곡들만 주구장창 틀어댄다면 그것은 일반 음악 CD와 다를 바가 없을 겁니다. 선대부터 내려오는 족보에 따뜻하고 참신한 감성을 불어넣어야 들음직한 프로그램이 탄생하는 거죠. 음악을 직접 만드는 사람이라도 아님 만들어진 음악을 섞고 재가공 하는 사람이라도 무에서 무언가를 만들고자 한다면, 매일매일 주춧돌을 쌓다가 인생이 끝나버릴 수도 있을 겁니다. 새로운 세상을 여는 열쇠는 너와 내가 함께 힘을 모으는 데서 시작하는 것이니까요.

팝계에도 이와 같은 협업과 축적의 좋은 본보기가 있죠. 바로 USA For Africa의 We are the world입니다.

We are the world / USA For Africa

모두가 하나이며
다 같이 힘써 어려움을 헤쳐 나가고
밝은 미래의 세상을 만들자는
내용의 웅장한 곡이죠.

80년대 중반 에티오피아의 극에 달한 기근으로 수많은 난민들이 죽어가자 이들을 돕기 위해 영국에서 먼저 뮤지션들이 모여 Band Aid를 결성합니다. 자선 공연을 펼치고 기금을 모아 이디오피아 난민들을 도왔는데요. 영화, 보헤미안 랩소디의 마지막 공연 기억나시나요? 바로 그 공연이었죠. 이후 이러한 노력들이 쌓이고 쌓여 미국의 아티스트들을 자극합니다. 결국 마이클 잭슨과 라이오넬 리치 그리고 퀸시 존스의 주도로 USA For Africa가 만들어졌고, 45명의 팝스타들이 참여합니다.

마이클 잭슨과 라이오넬 리치가 협업하며 작사 작곡을 해서 We are the world를 탄생시켰는데요. 수십 명의 팝스타들은 한자리에 모여 10시간이 넘게 철야 녹음을 강행하며 명곡을 완성했습니다. 뮤지션으로 각자의 존재감을 뽐내면서도 유려한 하모니를 이뤄냈고요. 전 세계 8000개 이상의 라디오 방송사들이 이 곡을 동시에 송출하는 역사적인 이벤트까지 이끌어 내기도 했는데, 그 결과 이 곡은 빌보드 정상은 물론이고 2억 달러를 모금하면서 전 세계에 인류애를 보여준 사건으로도 기록되었습니다.

당신, 지금 행복 하나요

개인적인 소견 하나. 요즘 패션트렌드는 '불규칙'에 방점이 찍혔다는 것.

오른쪽과 왼쪽 각각 다른 색의 양말이나 신발을 신는 사람도 눈에 띄고, 머리카락 한 부분에만 물을 들인 사람도 만날 수 있죠. 이제 정장에 운동화를, 정장에 배낭을 둘러메는 건 실용을 넘어 패션으로 받아들여집니다. 이런 트렌드가 사람들의 관심을 받고 꾸준히 소비되는 이유는 예측가능한 선을 살짝 넘기며 위트를 제공하기 때문 아닐까요.

규칙적인 일상의 가치는 힘주어 강조하지 않아도 너무 잘 알죠. 건강을 위해서도, 삶에 지치지 않기 위해서도, 변칙적이 아니라 규칙적으로 살아야한다는 것은 의심할 여지가 없습니다. 하지만 정해진 시간에 일어나 딱딱 시곗바늘 움직이듯이 계획된 일상을 향유하기란 만만치가 않습니다. 규칙적인 일상을 아무리 강조해도 그렇지 못할 이런 저런 타당한 이유가 스멀스멀

올라옵니다. 출석번호처럼 규칙적으로 순서에 맞게만 살아가다 보면, 어느 순간 인생의 허망함을 느끼게 됩니다. 그동안 예측 가능한 성실한 인생을 찬양해 왔는데 어느 날 문득 모범적인 인생이 너무 단조롭고 무의미하다는 생각을 하게 됩니다. 인생의 목적을 잃고 표류하고 맙니다. 게다 마음과는 다르게 한 순간 한 눈을 팔거나 피로를 이기지 못하면, 늦잠에, 폭식에, 야식의 유혹 등등에서 벗어나기 힘듭니다. 그렇게 우리는 규칙을 추구하며 때로는 불규칙하게, 엄마라는 이름으로, 학생이라는 이름으로, 조직에 속한 몸으로 꾸역꾸역 살아갑니다.

길지 않지만 짧지도 않은 생을 살아본 저는 이런 생각을 합니다. 머리로는 규칙을 외치며 사는 인생이지만 실은 불규칙을 맛보고픈 우리 인생에게 얘기하고 싶습니다. 중요한 것들을 일상에서 지친 다음에 찾지 말고 주기적으로 찾아보자고. 그리고 인생에 있어서 밥 같은 것들은 순서에 맞게, 그 외의 반찬 같은 것들은 가끔 순서를 뒤집어 보자고. 근사한 디저트를 먹기 위해 코스요리를 시켜보고, 부록을 받으려고 잡지를 사고, SNS에 예쁜 사진을 올리려고 여행도 가고 맛집도 다니고 그렇게 사는 거죠.

세상의 많은 것들은 순서가 있습니다. 아침에 출근하면 저녁에 퇴근하고, 잡지를 사면 부록이 따라오고, 생일축하 노래를 부른 다음 후~ 하고 케이크의 불을 끕니다. 하지만 이런 일들에 원래 순서가 있었나요? 그리고 때로는 보편적인 순서를 뒤집을 때 더 즐겁기도 합니다. 식도락을 위해서 다이어트를 하고, 퇴근을 하기위해 또 출근을 하고, 누군가에게 잘 보이기 위해 책을 보는 척도 하고요. 어쩌면 그렇게 순서를 비트는, 규칙을 무너뜨리는 일만으로도 우린 행복이라는 두 글자에 좀 더 가까워 질 수 있지 않을까요.

1988년 전 세계를 행복 바이러스로 물들였던 곡이 있습니다. Meher Baba라는 인도의 한 현자가 자주 쓰던 표현인 Don't worry be happy라는 말에서 영감을 얻어 나온 곡입니다. 그해 그래미상 올해의 노래와 올해의 음반상을 수상했고, 아카펠라 곡으로는 최초로 빌보드 차트 정상에 오르기도 했습니다. 자신의 목소리로, 또 온 몸을 두드려가며 행복해지라고 외치는 바비 맥퍼린의 목소릴 듣고 있으면 저절로 행복의 주문에 걸려드는 것 같습니다.

Don't worry be happy / Bobby Mcferrin

하루하루 살다 보면
문제가 있기 마련!
그럴 때 걱정하면
문제가 더 커질 뿐이니
걱정하지마라.
그럼 행복해진다는
주문과도 같은 곡이에요

소유를 넘어 사유로

한때 지름신을 유일신으로 믿었습니다. 마음이 많이 헛헛했는지 지름신께서는 시도 때도 없이 영접을 강요하며 무차별적으로 영성을 요구했습니다. 어슴푸레한 새벽, 화장실에 갔다가 잠이 슬쩍 깨면 스마트폰을 열고 그새 업데이트 된 상품들을 검색하고 장바구니에 차곡차곡 담아두고, 새벽 6시쯤 장바구니에 담긴 미물들을 하나하나 불러들였습니다. 아주 작은 디테일의 차이에도 민감하게 반응하며 각각의 아이템에 새로운 생명을 부여하며 차근차근 맞아들였죠. '그래, 너희들은 다 다른 개체들이야. 너는 파랗고 짧은 치마, 너는 노랗고 나풀거리는 치마, 너는 하얗고 딱 붙는 치마, 너는 아기자기하고 편안한 치마 등등' 인간뿐만 아니라 세상에 존재하는 옷, 가방, 액세서리, 구두는 모두 제각기의 아름다움을 가졌다는 사실에 들떴습니다.

갖고 싶다는 마음, 그것은 대상이 무엇이든 '난 너에게 반했다'는 뜻이겠죠. 남자든 여자든, 사람이든 동물이든 아니면 사물이든, 누군가가 어떤 대상을 만나 교감하기 시작하면 마음에서는 레이더를 발동해 대상의 정체를 빠른 시간 안에 해체 분석합니다. 그리고 이것이 나에게 호감을 주는 존재인지 아닌지를 각인합니다. 만약 호감을 주는 존재가 등장했다면 곁에 두고 싶어지고, 게다 물질로 대신할 수 있다면 값을 치러서라도 갖겠다는 소유의 마음은 더 커집니다.

물론 사람의 경우 소유 할 수도 없고 그래서도 안 되지만, 소유하고 싶다는 마음 자체가 나쁘다고 얘기할 수는 없겠습니다. 소유라는 감정은 공유의 감정과 겹치는 부분이 있습니다. 우리는 소유로 인해 서로의 어떤 부분에 책임감을 갖게 됩니다. 그러면서 너와 나의 경계를 허물고, 아픔은 보듬어주고, 기쁨은 나누는, 하나가 되어가는 과정이 만들어집니다. 이 복잡하고 어지럽고 삭막한 세상에 나와 교감을 나누고 나와 한편인 존재가 -그것이 무엇이든- 있다는 것은 위안을 줍니다. 같은 영화를 좋아하는 사람을 만났을 때, 같은 노래를 사랑하는 사람을 만났을 때, 반갑고 위로받는 거처럼 말입니다. 간혹 문제는 짧은 위안 후의 소멸, 소유하기위한 소비로만 끝날 때겠죠. 안타까운 마음을 달래기 위해, 남과의 경쟁에서 이기기 위해, 아름다움 자체를 배타적으로 소유하고자 할 때, 자칫 소유를 향한 소비만이 남습니다. 이러한 소유는 오래지 않아 또 다른 소비를 낳고 소유를 왜곡하고 마음은 다시 침체의 늪을 빠져나오지 못합니다.

방송을 진행하다 드물게, 아주 드물게 꽃다발을 받는 경우가 있습니다. 예상치 않은 선물인데다 주위에서 부러워까지 해주니 너무나 감사한 일이죠. 하지만 자못 싱싱하고 화려한 모습으로 도착한 그것들이 임자를 잘못만나서 꽃다발로 엮어진지 며칠 지나지 않아 누렇고 축축하게 늘어진 몸뚱이를 보입니다. 꺾인 꽃들이 마지막까지 아름답도록 꽃병에 꽂거나, 오래도록 기억되도록 잘 말려야하는데 저는 그런 일에는 재주가 없는 사람이거든요. 그러다 보니 예쁘게 기억될 수 있는 꽃다발이 관리 소홀로 금방 퇴물이 되어가는 것이 늘 안타까웠습니다. 그러지 말고 부지런히 가꿔봐야지 했지만 마음뿐이었습니다. 어느 날 문득, 버려지는 꽃다발을 두고 죄를 짓는 기분이었습니다. 한때는 소중한 생명이었는데, 여왕의 품격을 자랑하는 꽃이었는데, 꽃대가 꺾이고 김밥 말듯이 말아져 툭 던져진 후 퇴락한 여왕처럼 사그라져가는 모습이 안타까웠습니다. 잡아먹기 위해 사육되는 소나 돼지처럼 결국 인간의 욕망과 쾌락을 위한 소비라니, 측은하게 느껴졌습니다. 그리고 생각했습니다. 소유란 아름다워야, 함께 호흡해야 한다고. 꽃다발을 주고받기 보다는 화분을 주고받고, 그 화분을 키워내는 것이 아름다운 소유의 작은 예 아닐까요. 아름다운 것을 소유하겠다고 마음먹으면 안 되고 소유를 아름답게 해야 합니다. 무언가를 소유함으로써 소유의 객체가 삶의 의미를 다하거나 그 전보다 나을 것이 없는 상태가 된다면, 마음이 아파도 소유의 마음을 접어야 합니다. 그런 소유는 나의 욕망만을 드러내는 이기적인 마음일 테니까요.

'아름다운 소유란 무엇일까' 고민해야겠죠. 마치 승자가 호혜를 베푸는 식의 소유가 아닌 공생이 가능한 형태의 공립이어야겠습니다. 함께 있고 싶은 대상에게는 소유보다 사유가 우선되어야 합니다. 호감의 대상에 대한 고찰과 사유가 먼저입니다. 진심에서 우러나오는 사유를 하다보면, 그것을 소유해야할지 아니면 사유하며 놓아주어야할지 판단이 섭니다. 소유 후 값비싼 소비로 끝나는 것이 아닌 사유하며 함께 가는 동반자가 되어야겠습니다.

세상에 있는 수많은 소유 중 가장 강력한 자기장을 내뿜는 소유는 사랑일 겁니다. 그것은 내가 너를, 네가 나를 갖고자 하는 열망이니까요. 그 어떤 소유보다 뜨겁고 강하게 서로를 붙잡아 두고 싶은 마음이면서 아주 달콤합니다. 하지만 그 끝에는 불에 덴 상처보다 더한 고통이 기다리고 있을 수 있습니다. 사랑의 끝을 달콤하게 만들기는 쉽지 않겠지만, 깊은 사유를 바탕으로 한 사랑이라면 그 끝의 고통도 경감되지 않을까요.

사랑에 관한 달고 쓴 여러 말이 존재합니다. 그렇지만 세상에 있는 수많은 소유 중 가장 달콤한 소유, 그것은 사랑이고 사랑이어야 합니다. 무에서 유를 만드는 기적이 바로 사랑이니까요. 이런 사랑이 자아내는 소유는 주객이 전도된 '제발 나 좀 가져달라' 는 애틋한 고백입니다. 사랑이 만들어내는 소유는 상대를 생각하는 마음, 사유가 충분할 때 의미 있는 것이겠죠. 소유보다 중요한 것은 그 대상을 향한 사유이니까요. 여유를 갖고 올곧게 생각하면 소유하지 않아도 소유할 수 있는 신비를 경험하게 됩니다. 사유만으로도 서로 하나가 될 수 있는 신비가 사랑에는 녹아있으니까.

I'm yours / Jason Mraz

당신이 너무 멋져서
당신만이 날 구속할 수 있다고
난 당신 거라고 고백하는 사랑노래죠.

기꺼이 내가 너의 것이 되겠다는 선언 같은 고백.

경쾌한 어쿠스틱 사운드에 제이슨 므라즈의 달콤한 목소리.

그리고 감미로운 시적 가사.

한때 식당가, 카페, 서점, 전국 어디에 가도 늘 울려 퍼졌던 곡입니다. 물론 우리나라뿐만 아니라 미국에서도 빌보드 싱글 차트에 무려 76주나 머무르면서 싱글차트에서 가장 오래 머무른 곡이라는 대기록도 작성했고요. 그런데 그거 아세요.

제이슨 므라즈가 I'm yours를 전 세계 최초로 발표한 곳이 바로 우리나라라는 것을. 국내 모 프로그램에 나와 앵콜곡으로 미발표곡인 이 곡을 발표했는데 제이슨 므라즈 최고 히트곡이 된 거죠.

고통은 방부제

유난히 매운 음식이 유혹적인 날이 있습니다. 떡볶이, 부대찌개, 김치찜을 생각만 해도 침샘이 범람하는 날. 스트레스가 나를 짓누를 때 보통 매운 음식이 생각난답니다. 이것은 과학적으로도 증명된 일이죠. 매운 음식을 먹을 때, 우리 몸은 매운 걸 통증으로 인식합니다. 빨라지는 맥박, 땀 흘리기, 열 내기, 눈물, 숨 가쁨 등. 이는 부정적인 도취감을 불러일으키는 마조히즘(Masochism)과 닮았습니다. 매운 음식을 먹을 때 입 안과 몸 속에서 불이 나는 느낌은 들지만, 이 느낌이 실제로 불이 난 것이 아님을 우리는 잘 알고 있죠. 우리가 공포영화를 볼 때 실제로는 아무 일도 일어나지 않음을 알고도 공포를 느끼는 것과 같은 이치입니다. 이는 마라톤 선수들이 느끼는 쾌감과도 같습니다. 마라톤 선수들이 오래 달리고 나서 느끼는 쾌감, '러너스 하이(Runner's high)' 같은 경우도 달릴수록 몸은 힘든데 정신은 맑아지고 편안해지는 느낌이죠.

30년 넘게 꾸준한 봉사활동을 해온 연기자 김혜자 씨.
얼마 전에는 감동적인 수상소감으로도 화제였습니다. 별거 아닌 하루 같고, 대단치 않은 하루라 할지라도, 충분히 가치 있는 오늘이라며 '오늘을 살라'며 이 땅의 후배들에게 인생을 먼저 산 선배로서 울림 있는 말을 전했습니다. 한 때 그녀는 직접 아프리카로 떠나 그 지역의 고통 받는 아이들에게 사랑을 전하는 일을 실천했습니다. 그곳에는 너무 먹을 것이 없어서 독초를 먹는 아이도 있었고, 본드를 먹는 아이도 있었답니다. 내전으로 얼룩진 아프리카의 시에라리온을 방문했을 때는 소년병을 만나고 그들의 끔찍한 말과 행동 때문에 고통을 받았노라고 전합니다.

김혜자씨 뿐만 아니라 우리가 흔히 아는 연예인 가운데는 상상하기 어려운 봉사활동과 기부를 실천하는 천사들이 있습니다. 혹자는 보여주기 식이라고 비판할지 모르지만 보여주기 식이라 할지라도 행하지 않는 것보다는 행하는 것이 훨씬 가치 있는 일이죠. 유난히 봉사활동에 열과 성을 다하는 사람들은 이미 터득한 것이겠죠. 타인의 고통을 나누고 공감할 때 스스로도 정화될 수 있다는 것을요. 말도 많고 탈도 많은, 21세기 황태자처럼 군림하다가 한순간 바닥을 알 수 없게 추락할 수 있는 직업의 특성상 그들 중 일부는 타인에 대한 호의든, 본인에 대한 방어든, 아픔을 나누고 직간접 통증을 통해 겸손해 집니다.

생선이 소금에 절여지고 꽁꽁 얼어붙는 아픔이 없다면 썩을 길 밖에 없다고 외친 어느 시인의 말처럼 고통은 아프지만 위대한 것입니다. 고통의 이면에 녹아있는 신의 손길을 느낄 수 있다면 세상은 보석보다 더 반짝이겠죠. 어쩌다 세상을 등지고 싶게 만드는 고통이 찾아오더라도, 그럼에도 불구하고 삶을 부여잡고 밥을 먹고 잠을 자고 다시 문 밖에 나와 숨 한 번 크게 들이쉬고 겸손한 마음으로 뚜벅뚜벅 걸어 나가는 것, 그것이 살아있는 한 우리에게 주어진 임무 아닐까요.

Raindrops keep falling on my head / Bj Thomas

비가 내리치고 고통이 계속돼도
굴복하지 않겠다고,
머지않아 행복이 찾아올 거라고
희망하는 내용의 노래입니다.

1969년에 제작된 영화, 내일을 향해 쏴라의 주제곡으로 유명하죠. 그런데 사실 이 곡은 밥 딜런에게 갔었어요. 그가 거절하는 바람에 BJ THOMAS가 부르게 됐고요. 영화가 히트를 하면서 덩달아 주제곡도 빌보드 정상에 올랐습니다. BJ THOMAS도 스타가 됐고요. 경쾌한 멜로디에 힘을 주는 가사 덕분에 지금도 비 오는 날이면 꾸준히 듣고 싶다는 요청이 쇄도합니다.

칸칸이 구분하자

정리 수납 전문가로 유명한 곤도 마리에. 그녀는 '설레지 않으면 버려라'는 말로 전 세계 주부들을 뜨겁게 달궜습니다. 그녀는 말합니다. 주변을 정리하면 자신이 진정 원하는 것이 무엇인지 알게 되며, 일의 능률도 높아지고, 자신감마저 올라간다고요.

* 그녀가 전하는 정리 노하우

- 한 번에 몰아서 처음부터 끝까지 정리하기
  (매일 조금씩 하면 늘 어지러운 상태가 이어질 뿐이므로)
- 설레지 않으면 버리기
  (가지고 있으면 언젠가는 쓰레기통으로 갈 것이기 때문에)

그 외에

- 비슷한 종류의 아이템은 한 장소에
- 공간이 아니라 카테고리에 따라
- 모든 아이템에게 각자의 위치를

정리가 중요한 이유는 정리의 대상이 무엇이든지, 정리는 마음을 비우는 일이기 때문입니다. 따라서 수납을 잘할수록 물건이나 대상이 주는 갖가지 잡념에서 벗어날 수 있으니까요. 그래서 방을 정리하면 하고 싶은 일을 찾게 되는 거겠죠. 여기에 한 가지 더. 내 주변의 물건들을 정리하는 것 못지않게 내 역할을 정리하며 사는 것도 곤도 마리에가 주장하는 정리가 가져오는 이득이 아닐까 싶습니다. 내 역할을 각각의 서랍에 잘 정돈해 넣어두면, 나란 존재를 적재적소에 꺼내 쓸 수 있겠죠. 할 일은 많고 시간은 늘 없는 사람에게 필요한 것이 역할정리일 겁니다. 칸칸마다 김치의 보관정도를 달리해 묵은지, 겉절이, 보통(?) 김치로 만들어주는 김치냉장고처럼, 건강한 경계막이 나를 잘 지켜주어 어느 한 곳에 치우침 없이 일할 수 있게 만들어 주지 않을까요. 진짜 인생은 정리 후에 시작된다고 할 수 있습니다.

When you told me you loved me / Jessica Simpson

떠나버린 연인을
한없이 그리워하는 내용의
이별 노래에요.

제시카 심슨의 최대 히트곡, When you told me you loved me 란 곡이에요. 얼핏 들으면 꼭 가요 같아서 유독 우리나라에서 더 크게 인기를 얻었는데요. 이 곡을 부른 제시카 심슨은 실생활에서 그야말로 자신의 역할을 정확히 구분해가면서 1인 다역을 해내고 있어요. 가수로 또 배우로 왕성하게 활동을 하다 결혼을 하면서 두 아이의 엄마로 모범적인 워킹맘의 모습도 보여줬었는데요. 30대 후반이 된 최근엔 패션 디자이너로서 직업에 몰두하는 모습을 팬들에게 보여주고 있네요. 멋지죠?

잊힌 감각의 부활을 꿈꾸며

동물들은 그야말로 동물적인 감각이 있죠?

연어나 송어는 고향을 떠나 큰 바다에서 좋은 시절을 보낸 후, 산란을 위해 다시 태어난 강을 찾아갑니다. 그리고 꿀벌이나 개미처럼 여럿이 함께 모여 사는 곤충은 귀소본능이 있답니다. 벌은 꿀을 딴 후 자신의 집으로 돌아오고, 개미도 먹이를 찾으면 무작정 집으로 끌고 가죠. 동물의 감각은 이뿐만이 아닙니다. 자연의 움직임을 느끼는 감각은 인간의 수십 수백 배에 달하기 때문에 동물들의 움직임을 보면 날씨를 알 수도 있습니다. 그 예로 까치가 울면 날씨가 맑답니다. 까치는 건조한 것을 좋아하는 새라 날이 건조하면 까치가 기분 좋아 지저귄답니다. 반대로 제비가 울면 비가 온다는데요. 제비는 보통 높이 나는 새인데, 간혹 낮게 날며 곤충을 잡을 때가 있답니다. 그 이유는 지표면의 습도가 높아져서 인데요. 땅의 습도가 높아지면 곤충의 날개 습도도 높아져 잘 날지 못하기 때문에 제비가 곤충을 잡으려고 저공비행을 합니다. 또 동물들의 생존감각은 물속에서도 이어집니다. 미꾸라지는 아가미 외에 창자 호흡을 통해 적은 산소만으로도 물 밑에서 충분히 살 수 있는데 비가 오기 전에 기압이 떨어지면 물 속의 산소가 부족해지죠. 따라서 물 아래 모래에서 살기로 유명한 미꾸라지가 물 위를 오르락내리락하면 큰 비가 내린 답니다. 만약 미꾸라지가 물 위에 모여 요동치고 있는 것을 보았다면 폭풍우나 큰 비가 올 수 있으니 대비하도록 해야 하는 것이죠.

동물들은 살기 위해 이렇게 지혜롭습니다. 우리 인간도 사실 동물 못지않게 지혜로운 감각을 타고 났을 텐데 당장 눈에 보이는 성과가 없다는 이유로 중요한 감각이 소멸된 건 아닌가 생각해봅니다. 학교라는 곳에서 깎이고, 회사라는 조직에서 닳고. 친구, 엄마, 아빠, 딸, 아들 이라는 이름으로 참고 또 삭히다 보니 정작 내 본능이 무얼 원하고 어떻게 살길 바라는지 모를 때가 많습니다. 감각이란 경험을 통해서 쌓이는 건데, 이제 인류의 감각은 더 많은 원초적 쾌락을 추구하고 더 많이 소비하고 더 오래 사는 데에만 경험을 쌓으려 합니다. 아마 아시아나 아프리카의 덜 문명화 된 나라에 소속된 국민의 행복지수가 우리 국민의 행복지수보다 높은 이유가 인간의 본성을 거스르지 않고 자연과 함께 함에 있지 않을까 싶습니다.

뜬금없지만, 그래도 뜬금없게 불현듯 마음이 외치는 소리에 귀 기울여보아요. 아주 작은 소리라도 무시하지 말고요. 이성이라는 가위로 잘라버린 꿈들 소망들의 싹을 틔워주세요. 진짜 행복, 진짜 삶은 거기서부터 시작일 겁니다.

오늘도 노래 한 곡을 함께 읊어봅니다. 그저 신나는 음악인 줄만 알았는데, 다시 보니 이리 좋은 의미가.

What a feeling / Irene Cara

눈을 감고 음악을 들으며
리듬을 느끼고 춤을 추다보면
자연스레 꿈을 이뤄낼 열정이 살아난다는
내용의 노래입니다.

영화, 플래시댄스의 주제곡인 이 노래가 나왔던 83년은 그야말로 마이클 잭슨의 해였죠. 빌리진으로 팝계를 초토화시켰던 건데요. 그런 마이클 잭슨의 열기를 잠시 누그러뜨린 노래가 있었는데 바로 아이린 카라의 이곡, What a feeling이었습니다. 6주 연속 빌보드 1위에 오르며 그해 최고의 여가수가 된 겁니다. 아이린 카라는 이미 열 살 때부터 가수는 물론이고, 연극 뮤지컬 등에 진출하며 자신의 끼를 발산했는데요. 다양한 분야에 도전하며 꿈을 이뤄나갔던 아이린 카라의 삶과 노래 가사가 정말 잘 어울리죠.

터널은 끝이 있다

한 때 목동에서 판교까지 파킨슨병에 걸리신 아버지를 뵙기 위해 일주일에 두세 번씩 장거리 운전을 한 적이 있었습니다. 오후 2시 라디오 생방송을 마치고 차에서 빵과 음료수로 간단하게 점심을 때우고 한 시간 삼십분쯤 운전해, 아버지가 계시는 판교 아파트에 도착하는 일상이었죠. 가서도 이른 저녁을 함께하고 잠깐의 말동무가 되어 드리고 좋아하시는 채소 좀 썰어 냉장고에 넣고는 바로 아이들이 기다리고 있는 마포의 아파트로 돌아오는 행로였습니다. 목동에서 판교, 마포까지. 꽤 긴 거리를 횡단하고 다녔는데 이제는 삶이 '더' 바쁘다는 이유로 아버지를 자주 뵙지 못하고 있습니다.

목동에서 판교까지 가는 길에는 꽤 긴 터널이 세 개나 있습니다. 여러 경로가 있겠지만 내비에서는 항상 터널을 세 개나 지나는 길이 가장 빠른 길이라고 안내했습니다. 그 길은 신생길이라 도로가 너무 탄탄해 타이어가 길 위에서 통통거리는 느낌이었습니다. 그리고 통행료도 자그마치 1,600원이나 드는 길이었는데 아마 새로 뚫은 터널 공사비를 뽑기 위해서이지 않나 싶었습니다. 판교까지 가는 멀지만 고즈넉한 길이었죠. 그 가운데서 만난 세 번째 터널은 유난히 길었습니다. 두 번째였는지도 실은 모르겠습니다. 중요한 건 가도 가도 끝이 나오지 않는 터널을 혼자 가려니 꽤 겁이 났다는 겁니다. 하정우씨가 주연한 영화 '터널'도 생각나고. '만약 이 긴 터널에서 사고가 나서 갇혔는데 빨리 탈출해야 한다면' 이라는 초딩스러운 질문도 스스로에게 해보았고요. 그렇게 다니면서 예전에는 미처 눈치 채지 못했던 사실도 새삼 알았습니다. 너무 당연한 얘기지만 긴 터널에는 군데군데 대피소도 있고 비상구도 있고 또 사람들이 쉬이 다닐 수 있는 통로도 있다는 것을요. 막상 터널 안 비상구를 발견하니 거길 한번 보고 싶다는 궁금증도 들더라고요.

영화, 터널과 같은 이야기는 사실 어제 오늘 생겨난 스토리는 아니죠. 성서에도 나오는 모세의 '탈출기(출애굽기)'는 대니얼 디포의《로빈슨 크루소》를 거쳐 현재까지 이어지는 스릴 만점의 소재입니다. 그렇다 보니 많은 탈출기에는 몇 가지 공통점이 있습니다. 하나, 영웅의 능력을 타고난 평범한 사람이 주인공이라는 것. 둘, 주인공의 생각보다 고통의 시간이 길다는 것. 셋, 결국에는 탈출에 성공한다는 것.

살다보면 길이를 가늠할 수 없는 터널에 들어섭니다. 터널 입구만 보고 잘못 들어서는 경우도 있고 어떻게든 들어서지 않으려고 안간힘을 쓰다 결국 밀려들어가는 경우도 있습니다. 또 터널에 갇힌다 한들 다 똑같은 속도로 터널을 빠져나오는 것도 아닙니다. 어떤 사람은 기꺼이 빠져나오는데 나만 이상하게 제자리걸음을 아니, 뒷걸음질 치는 모양새일수도 있습니다.

보통 삶에서 만나는 터널은 뭣도 모르고 발을 넣었다가 '어, 이거 아닌데' 싶을 때 쯤 비로소 갇혔다는 걸 인지하게 만듭니다. 그래도 절망이라는 카드를 미리 꺼낼 필요는 없죠. 어차피 터널은 생선을 먹으려면 꼭 가시를 발라내야하는 것처럼 살아가면서 반드시 만나게 되는, 해결해야 하는 관문이니까요. 누구나 여러 번 빠질 수밖에 없으니 빠져나오는 방법 또한 사람마다, 처한 환경마다 다릅니다. 어떤 사람은 책에서 길을 찾고, 어떤 사람은 사람에서 답을 얻고, 또 어떤 사람은 시간이 해결해 주리라 믿고 기다릴 테니까요. 분명한 것은 끝이 있음을 아는 것이고, 그 끝은 발버둥 치며 투쟁한 자만이 거머쥘 수 있는 해방입니다. 그 어떤 것으로도 일상의 평온을 담보할 수는 없지만, 스스로 해방을 쟁취한 자는 또 다른 시련을 만났을 때 해방세포가 살아나면서 좀 더 유연하게 시련에서 빠져나올 수 있습니다.

I can see clearly now / Jimmy Cliff

비가 그치고 구름이 걷히고 나면
햇빛 반짝이는 날들만
있을 거라는 내용의 노래에요.

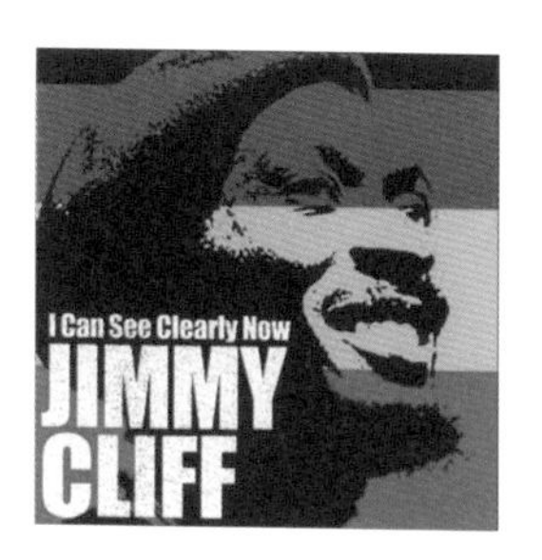

원래는 1972년 조니 내시라는 가수에 의해 발표됐던 곡인데요. 93년 영화, 쿨러닝에 지미 클리프의 리메이크 버전이 실리면서 전 세계적인 인기를 끌게 됐죠. 당시에는 해외나 우리나라나 할 것 없이 레게 열풍이 불던 때라 더욱 사랑을 받았습니다. 게다가 이 곡이 쓰인 영화, 쿨러닝이 자메이카 봅슬레이 팀의 실화라는 것이 밝혀지면서 더 큰 화제를 불러 모았죠. 동계 스포츠와는 동떨어진 아프리카 선수들이 실패할 것을 뻔히 알면서도 끝까지 도전했던 모습이 노래의 가사와 함께 뭉클한 감동을 전해 주기도 했습니다.

진실, 진심

스티븐 킹 원작의 유명한 영화, 쇼생크 탈출.

이 영화는 특히 교도소에서 모차르트의 곡이 울려 퍼질 때, 수감자들의 일시 정지 모습이 참 인상적이었습니다. 영화는 대략 이렇죠. 억울하게 감옥에 가게 된 남자가 자신의 누명을 벗겨줄 진실이 묻히는 걸 목격하고 반격을 하는. 영화처럼 진실은 진심을 다해도 빛을 보지 못하는 경우가 더러 있습니다. 안타까운 일이죠.

다시 연애를 한다면 영화, 노팅 힐처럼 하고 싶어요. 그 따스함과 잔잔한 사랑이 좋으니까.

이 영화는 보고나면 찹쌀떡을 먹고 난 것처럼 든든하면서도 달달한 여운이 오래갑니다. 이 영화는 미국의 유명 여배우와 영국의 평범한 남자가 만나 사랑을 이루는 전형적인 로맨틱 코미디입니다. 혹시 이 영화를 보고 '남성판 신데렐라 이야기'라고 여기는 분? 머, 제 오랜 친구도 영화를 보고 남주인 휴 그랜트를 부러워하긴 했습니다. 어떻게 능력 있는 할리우드 최고의 배우와 서점 주인이 연결될 수 있냐며. 다시 영화로 돌아오면 영화에서 휴 그랜트는 가진 것도 없고 어수룩한데 진실 된 마음 하나로 여자에게 다가가고 결국 여자는 남자의 진심을 받아주는 내용이죠. 우리는 알면서도 모르고, 모르는 가운데서도 사실 알고 있습니다. 사랑이든, 우정이든, 사회생활이든 진심은 통한다고. 진심은 진실해야만 전할 수 있다는 것을. 때로는 진실이 묻히는 사건이 발생할 수도 있지만 그래도 진심은 남는 것이고 후회는 남기지 않는 다는 것을. 결국에는 진심어린 마음이 통합니다. 진심은 진실을 낳고 진실은 변하지 않습니다.

Honesty / Billy Joel

진실하지 못한 세상에서 그 무엇보다
진실함을 찾고 싶다고 절규하는
빌리 조엘의 대표곡입니다.

빌리 조엘은 진실함이 사라지고 거짓이 판을 치는 세태를 꼬집기 위해 이 곡, Honesty를 만들었다고 하는데요. 그는 간혹 공연을 할 때 맨 앞줄 티켓을 팔지 않고 아껴뒀다가 맨 뒷줄의 관객들을 무작위로 뽑아서 앞줄로 초빙합니다. 그냥 돈이 있으니 와서 보는 둥 마는 둥 하다가 가는 부자들보다 없는 돈 써서 뒷자리라도 겨우 잡는 진짜 팬들을 잘 대접하기 위해서라고 하는데. 자신의 노래를 간절히 듣기 원하는 팬들의 절실함을 진실함으로 여겼기 때문이겠죠.

시련은 단지 양념일 뿐

20대를 겨냥한 책들이 범람하는 요즘이죠. 갈팡질팡 방황하고 소속감 없이 떠도는 20대에게 위로와 용기, 힘을 심어주는 메시지가 큰 공감을 얻고 있습니다. 몇 년 전 청춘의 처방전과 같은 책 한 권이 이슈였죠. 제가 사 보았던 그 책은 첫 판이 세상에 나온 지 몇 년 후에 찍어낸 284쇄의 책 중에 한 권이었습니다. 당시 저는 서른을 훌쩍 넘기고 두 아이를 키우며 직장에서도 어느 정도 자리를 잡은 워킹맘이었습니다. 무탈한 일상인 하루하루를 살았지만, 무탈이 탈인지 이유 없이 외롭고 무력했습니다. 그러다 뒷북치듯 청년들에게 고하는 책 한 권을 읽었고 서른 넘은 아줌마는 사춘기 녀석 마냥 깊은 감동을 받았습니다. 그리고 깨달았죠. 청년뿐만 아니라 이 땅에 아픈 사람들이 아주 많다는 것을. 그들은 어른이라는 이름으로 아픈 척도 못하지만 실은 청년 못지않게 위로가 필요한 존재라는 것을요.

오늘은 팝 가수 한 명을 소개합니다. 교통사고를 크게 당한 후 오른쪽 얼굴 사진만 찍는 습관이 있는 스페인의 가수, 훌리오 이글레시아스. 그는 1943년 스페인의 수도 마드리드에서 태어났습니다. 외과의사의 아들로 태어나 영국의 캐임브릿지 대학에서 법학을 전공한 수재인데다 축구 실력도 대단했습니다. 앞날에 대한 고민 끝에 결국 축구에 대한 미련을 버리지 못하고 스페인의 프로축구구단 레알 마드리드 FC의 2군 팀에서 골키퍼가 됩니다. 그리고 실력을 인정받아 차츰 명성을 얻습니다. 그러다 1963년 10월, 예기치 못한 교통사고로 다시는 축구를 할 수 없는 몸이 되고 맙니다. 2년 가까운 병상 생활 동안 좌절도 하고, 삶의 끝을 고민한 그였지만, 그는 포기하는 사람이 아니었습니다. 신은 한 쪽 문을 닫으면 다른 쪽 문을 열어둔다고 했나요. 우연히 선물 받은 기타가 그에게 구세주였습니다. 그는 그 기타로 연주도 해보고 노래를 부르고 곡을 써내려 갑니다. 그리고 1968년 스페인 베니돔(Benidom) 국제 송 페스티벌에 참가해 자작곡 '그래도 인생은 계속된다(La vida sigue lgual)'로 그랑프리를 차지한 후 가수의 길을 걷기 시작합니다. 너무 대단한 뮤지션이어서, 너무 극적인 삶을 살아서, 평범한 우리에게는 그의 시련이 우주를 떠도는 별처럼 닿지 못할 은하수일 수도 있지만 대신 우리는 우리가 겪는 만큼의 시련만 넘어서면, 견뎌내면 되는 거겠지요. 소금이 들어가 더 달콤하게 빛나는 초콜릿처럼, 후추가 가미돼 더 깔끔한 풍미의 붉은 살코기처럼 그렇게 시련을 양념삼아 더 빛나는 '나'로!

Everything's gonna be alright / Sweetbox

극한 어려움 속에서도
사랑으로 헤쳐 나가면
결국엔 모든 것이
좋아질 거라고 말하는 곡입니다.

우리 안에는 스스로를 치유할 수 있는 있는 힘이 있다죠. 그 힘은 노래이기도 사람이기도 음식이기도 할 텐데요. 삶이 고단하고 사랑이 힘들 때 그리워지는 그 무엇. 그 무엇이 있다면 방황은 여기서 멈추기로 해요. Everything's gonna be alright은 'G 선상의 아리아'나 '캐넌'을 샘플링한 곡은 실패할 수 없다는 속설을 어김없이 보여준 곡입니다. 지난 97년 발표해 지금까지 많은 사랑을 받고 있는 노래인데요. 물론 우리나라에서도 큰 인기를 끌었습니다. 아마도 당시 외환위기로 어려움을 겪고 있던 사회적 분위기 때문에 모든 게 괜찮아 질 거라는 주문 같은 가사가 위로가 됐을 겁니다. 그런데 사실 이 곡은 의식불명 상태에 빠진 사랑하는 이를 위해, 그리고 그 사람을 바라보는 자기 자신에게 희망을 다독이기 위해 만든 노래라고 합니다.

괴로운 것 보단 외로운 게 낫다

눈부신 햇빛이 찬란하다 못해 시신경을 마비시킬 거 같던 날. 즐겁고 신나는 곡들 사이에 사연 하나가 도착했습니다. 어느 싱글남의 연애고민이였습니다.

"제가 정말 외롭나봅니다. 애정결핍증 같아요.
그녀를 정말 사랑하는데 제가 자꾸 힘들게 하는 거 같습니다."
_'곰돌이' 님

그의 기나긴 사연을 추려보면, 그녀와는 4년째 잘 만나고 있는데 최근 그녀의 심드렁한 태도에 상처를 입었으며 차마 거절당하면 관계가 끝날까 싶어 결혼얘기도 못 꺼내고 있다고. 심지어 그녀는 결혼을 꼭 해야 하느냐고 되묻는 비혼주의자에 가깝다는 사연이었습니다. 집에서 부모님은 결혼을 독촉하시고 연인과의 관계는 점점 안갯속이고 어디 속 시원하게 털어놓을 상대도 없다는 얘기였습니다.

오래 사귄 애인과의 결실이 이리 힘들 줄이야. 남녀사이는 아무도 모르는 거지만 어렵게 말을 꺼낸 그의 태도를 짐작하니 깊은 고민의 진원지가 느껴졌습니다. 문득 몇 달 전 다녀왔던 존 레논 사진전이 떠올랐습니다. 비틀즈의 리더로, 후에 솔로로 팝계를 평정한 존 레논. 사진으로 만났던 그의 생애는 외로움으로 가득 차 있었습니다. 이혼한 부모와 살 수 없어 이모네 부부 아래에서 자란 그. 동네 고아원(Strawberry fields)에서 놀던 어린 시절, 17세 때 어머니의 죽음, 그 후 화려한 영광 뒤에서 방황하던 존을 감싸 안은 이는 우리가 아는 7세 연상의 오노 요코였습니다. 존 레논의 팬들은 오노 요코를 마녀, 일본 잡귀 등으로 폄하하였지만 그녀는 존 레논의 내면세계를 가장 많이 바꾼 사람임에는 틀림없죠. 리버풀 특유의 가부장적인 존은 그녀를 만나 페미니스트가 되었고, 음악과 전위예술을 접목한 실험적 예술을 추구하게 되었습니다. 세상은 그들의 사랑과 예술에 호의적이지 않았지만, 그럼에도 불구하고 그들은 행복했습니다. 사진으로 만난 존 레논은 오노 요코와의 일상에서 가장 충만한 웃음을 띠고 있었습니다. 그는 그녀를 만난 후 가장 '존 레논' 다운 모습을 찾았고, 그것에 행복했으며, 외로웠던 과거를 걷어낼 수 있었습니다.

존 레논이 오노 요코와 행복할 수 있었던 비결은 무엇이었을까요. 모진 외로움 덕분 아니었을까요. 불우한 유소년을 보내면서 의지할 곳이 없었던 그는 역으로 자신이 언제 편안함을 느끼는지, 어떤 사람과 있을 때 안정감을 느끼는지를 누구보다 잘 알았을 겁니다. 음악을 하고 곁에 아내와 아들이 있었지만 중심을 잡지 못했던 그는 새로운 안식처를 만나고 비로소 방황의 날개를 접고 착륙할 수 있었죠. 그의 예기치 못한 착륙으로 많은 불화와 또 다른 아픔을 간직한 사람들이 생겨났지만 그 자신은 태어나 처음으로 맛보는 안식을 느꼈을 겁니다. 아마 존 레논이 좀 더 일찍, 달리 말하면 자신의 외로움을 철저히 대면하지 못한 채, 오노 요코를 만났다면 그처럼 환한 미소를 드러내기는 어렵지 않았을까 생각해봅니다.

방송에서 만난 싱글남에게 도움이 되는 조언을 해주지는 못했습니다. 지레 짐작으로 다른 사람의 인생에 조미료를 칠 수는 없다는 생각이 들었습니다. 하지만 지금이라도 한 가지는 분명히 얘기해주고 싶습니다. '괴로운 것보다는 외로운 게 낫다'고. 지독한 외로움 안에서 스스로를 찾고 알아가며 스스로에게 더 집중한다면 연인과의 관계가 어떠하든, 주변에서 무슨 얘기를 하든, 쉬이 흔들리거나 아프지 않게 살아갈 수 있을 거라고.

Hard to say I'm sorry / Chicago

(곡의 초반부) 사랑하는 연인들도
서로 떨어져 지내는 휴식이 필요하다고
떨어져 지내는 시간이 필요하다고
말하는 부분이 인상적인 곡입니다.

1982년에 그룹 시카고가 발표한 발라드 명곡이죠. 데이빗 포스터의 프로듀싱과 발라드에 최적화된 피터 세트라의 보컬이 빛을 발했던 노래인데요, 앞서 고민을 보내온 청취자에게 제 조언대신 이 곡의 가사를 대신 전해 주고 싶네요.

변하지 않으면 추억도 없다

어제는 오후 내내 일하기가 싫어 아직 4월 중순이지만 여름 휴가 계획을 세우기 시작했습니다. 가장 인기 있다는 동남아 지역을 차례차례 순례했죠. 그러다 항공사에 다니는 지인의 소개로 방콕–파타야 여행을 계획하기 시작했습니다. 지인찬스로 저렴하게 다녀올 수 있겠더라고요. 방콕–파타야, 입사 후 후배와 함께 처음으로 갔던 해외 여행지였습니다. 겁이 많고 의심 많은 저에게 착한 후배가 –아쉽게도 여자 후배입니다– 여행을 제안했고 저는 당장 가자고 대답했죠. 그렇게 시작된 후배와의, 그리고 입사 이후 처음 가는 해외여행. 방콕의 기운은 너무나 활기찼고, 파타야는 나이 많은 백인남성과 젊은 태국여성의 불편한 밀애를 목격하는 거 빼고는 좋았습니다. 지금도 그 추억이 사진 한 장으로 남아서 제 책상 유리 밑에 살포시 끼워져 있습니다. 당시 동남아 여행도 처음인지라 저렴한 물가에 흐뭇해하며 쇼핑도 하고, 후배와 커플 샌들도 사고, 맛집도 찾아다니고, 1일 1 마사지도 받으며 싱글라이프를 마음껏 만끽했죠.

그리고 12년 후, 올해 방콕-파타야를 다시 가볼까 합니다. 물론 이번에는 여행 코스가 많이 다릅니다. 이번에는 악어농장, 코끼리 트레킹, 파인애플 농장, 주요 사원 방문 등등. 악어와 코끼리가 사람들 때문에 스트레스 받는 건 안타깝지만 패키지로 가게 됐으니 따를 수밖에.

2019년 현재, 16년차 아나운서지만 사실 해를 거듭할수록 몇 년차인지 밝히기가 쑥스럽습니다. 연차에 걸맞은 실력도 없고 쌓아둔 것도 없어서겠죠. 얼마 전, 입사 30년이 넘은 퇴직을 바라보는 P선배님의 책상에서 10년도 더 된 사진 한 장이 눈길을 잡았습니다. 십 수 년 전 P선배님의 생일파티 현장. 젊은 선배님은 웃으며 가운데 앉아 계셨고 옆으로 후배아나운서들이 케이크를 들고 박수를 치며 웃고 있는 사진이었습니다. 왠지 기분이 좋아지면서도 짠한 마음이 들었습니다. 그 속의 누군가는 그간 두 아이의 엄마가 되었고, 누군가는 얼굴 한 번 보기 힘든 먼 나라에 있고, 또 다른 누군가는 더 힘차게 자신의 영역을 구축하고자 퇴사 후 새로운 삶을 살고 있습니다. 사진 속의 십년 전 저는 부끄러운지 얼굴을 푹 숙이고 있었는데, 숙인 얼굴 위로 슬며시 안경이 보였습니다. 라식수술 후 이제는 끼지 않는 안경인데 지금은 행방을 찾을 수도 없는 안경이죠.

고생했던 경험도 지나고 나면 웃으며 말 할 수 있는 추억이라던가요. 또한 추억은 늘 현재완료형입니다. 다시는 똑같이 재현할 수 없어서, 혹여 재현하더라도 이제는 그 맛을 느낄 수 없어서 의미가 있습니다. 예전에 먹던 겨울철 동치미국수 맛을 아직도 잊지 못하는 할머니의 지난날처럼 뇌 속 어딘가가 아닌 온몸의 세포 하나하나에 저장된 것, 그것이 추억이겠죠.

Yesterday once more / Carpenters

모든 것이 변해버린 지금
과거 라디오에서 들은 옛 노래를 회상하며
지나간 아름다운 시절을 추억하는 노래에요.

폴 매카트니는 카렌 카펜터를 두고 '세계 최고의 여성 보컬' 이라고 칭했죠. 정말이지 그녀만큼 편안하게 노래 부르는 사람이 있을까요. 그녀의 맑고 청아한 알토 보이스와 오빠 리차드의 뛰어난 작곡 실력은 카펜터스를 7-80년대 이지 리스닝 팝계를 지배하게 만들었습니다. 하지만 동생 카렌은 거식증으로 인한 심부전증으로 갑자기 세상을 떠났죠. 오빠도 약물 중독으로 삶의 중간 이후를 역경의 세월로 보냈고요. 그런 비극들 때문인지, 과거 자신들의 푸르렀던 한 때를 추억하는 내용의 이 곡, 들을 때마다 더 애잔하게 들립니다.

봄을 기다리며; 인내, 희망의 싹

“고3 아들이 수능 성적표를 받아왔네요. 노력했던 것만큼 성적이 안 나와 시무룩하고 힘이 하나도 없어 보입니다. 이를 어쩌면 좋아요. 위로의 말도 못하고 저도 아들 눈치보고 있답니다. 대학 들어가기가 이렇게 어려워서야... 잘 커줘서 고맙고 엄마가 너무 못해줘서 미안해.” _진우맘 님

2018년 12월 어느 날. 불수능 성적표가 나왔다는 기사가 눈에 띄는 날이었습니다. 그리고 해피송이 시작되고 낮 12시 30분이 넘어갈 즈음, 머리가 무겁고 마음이 저미어 온다는 한 어머니의 사연이 방송을 두드렸습니다.

‘100세 시대, 보험 하나는 제대로 들어야 한다’는 보험회사의 광고 문구를 생각하면 대학입시는 우리 인생에서 중요하나 인생 전체를 좌지우지할 만한 사건은 아닙니다. 하지만 갓 20년을 산 젊은이에게 ‘대학입시’는 지난 나의 모든 시간을

대변하는 테스트이고 평생을 따라다니는 꼬리표의 출발이라는 생각이 들 겁니다. 그런 시험에서 예상과 다른 안 좋은 결과를 얻었다면 대학은 왜 있으며, 시험은 왜 있는지 갈등하며 주변의 것들을 시혐(猜嫌)하는 일이 벌이질 겁니다. 결과에 고통 받는 자식을 바라보며, 아직은 작은 단서조차 보이지 않을지라도, 앞으로 너에게는 창창한 앞날이 있다는 것을 아이에게 납득시키는 부모의 역할이 쉬운 것은 아닐 테고요.

꽃이 피는 시기는 다 다르죠. 겨울에서 봄으로 넘어갈 때 자태를 자랑하는 목련. 잎보다 꽃이 먼저 피는 봄의 전령 개나리와 중간고사를 상징한다는 4월의 벚꽃, 5월이면 짙은 향기를 뿜어내는 라일락과 장미. 여름이 절정을 넘어갈 때 묵묵히 타오르는 해바라기, 가을하면 바로 생각나는 국화, 매서운 눈보라에도 꿋꿋하게 제 몸을 지키는 모습 덕에 절개를 상징하는 매화까지. 꽃들은, 자연은, 생명은 제각각이라 더 아름답고 건강한 것이죠. 다양한 생물종이 번성하는 건강한 생태계처럼 우리가 속한 공동체도 더 튼튼해지려면, 개별 개체의 고유성을 인정하고 존중하며 그가 잘 자랄 수 있게 뿌리내리기를 도와줘야겠습니다. 이름은 모르지만 현실 때문에 방황하는 젊은이에게 전하고 싶은 말을 짧은 소절로 전합니다.

스무 살, 그것은 스러지더라도 무너지면 안 되는 나이.
당장의 비바람에 제 몸을 지키지 못해
고개를 숙일 수도 있겠지만

자연에 나와 있는 꽃 가운데
우산 쓰고 피어나는 꽃이 어디 있을까
폭풍우가 치는 밤, 벼락이 떨어지는 새벽
목마름이 이어지는 봄날,
장대비가 쏟아지고
이른 서리가 내리고, 맵고 짠 눈이 내리고
그 행간마다 꽃이 피고 열매가 차오른다.

The rose / Bette Midler

고난 끝에 찾아올 긍정적 미래를
추운 겨울이 지난 후,
봄날의 따스한 햇볕으로 피어날
장미로 비유하고 있는
아름다운 노래입니다.

가사가 아름다운 비유로 가득 차 있는 곡인데요. 베트 미들러는 독특한 외모 때문에 배우로 또 가수로 자리 잡기까지 기나긴 인고의 시간을 보내야했습니다. 단역을 맡고, 무대 위로 오르기까지 레스토랑과 클럽뿐만 아니라 온갖 잡일들을 마다하지 않았다고 하는데요. 역경을 딛고 올라선 그녀기에 이 노래가 더 큰 울림과 감동을 주는 거겠죠.

자유, 선택할 권리

둘째가 웁니다. 밥을 먹기 싫다고. 20분 후면 엄마도 출근해야하고 본인도 학교가야 하는데. 20분 동안 밥 먹고 양치하고 옷까지 입혀야 하는 엄마는 마음이 바빠지고 또 언성이 높아지기 시작합니다. 결국 아이와 타협을 합니다. 오늘은 과자를 먹고 등교하는 걸로. 아이를 이길 수 없어 초콜릿이 잔뜩 묻은 과자 한 봉지를 꺼내 줍니다. 채 자르지 못한 긴 손톱으로 아이는 우걱우걱 과자를 입에 넣고 잃었던 미각을 찾았다는 미소를 보여줍니다.

어느 시인의 인터뷰를 봤습니다. 인터뷰 머리글이 멋져서 흥미진진하게 읽어 내려갔습니다. 기자는 인터뷰를 편집하며 시인 블라디미르 마야코프스키의 "심장은 탄환을 동경한다."는 글을 적었습니다. 안정적인 심박 수의 심장이 눈 깜짝할 새 지나가는 탄환을 동경하다니. 사는데 익숙해졌다고, 실은 익숙한 삶이라 살만하다고 믿는 저는 아이스버킷을 한 차례 당한 듯

했습니다.

'심장은 탄환을 동경한다'

누군가는 마야코프스키의 말을 자살의 암시로 해석하지만 저는 그렇게만 생각하지 않습니다. 살아있지만 오도 가도 못하는 심장이 더 생생한 생명력을, 자유를 꿈꾼다고 느꼈습니다. 반드시 지켜야할, 그리고 벗어날 수 없는 자신의 자리가 있더라도 마음 한 구석에서는 새로운 선택과 더 큰 자유를 욕망할 수 있는 거처럼 말입니다.

우리 인생은 매 순간 선택이라고 하죠. 아침에 일어나면 밥을 먹을 것인지 빵을 먹을 것인지, 혹은 안 먹을 것인지. 무슨 옷을 입고 누구와 만나고 어떤 일을 할지 모두 선택입니다. 방송도 선택입니다. 수많은 사연과 신청곡 중에서 이런 사연을 저런 곡을 자유롭게 이어봅니다. 그렇게 나날의 방송이 만들어집니다. 다발적인 선택의 문제 앞에 지금 내 안에서 살아 숨 쉬는 자유의 목소리를 제대로 듣고 있는지 되짚어 봅니다. 내가 주체인 삶을 귀찮아하며 관성대로 살고 있는 건 아닌지 문득 돌이켜봅니다. 선택의 기회를 무시하고 눈감고 사는 건 아닌지 모르겠습니다. 어쩜 오늘 내 삶이 그냥 그런, 시들시들한 이유가, 내 자유를 창고 속 깊숙이 버려두어 그런 건 아닐까요.

I want to break free / Queen

혼자이고 싶진 않지만
동시에 홀로 삶을 영위해 나가며
자유로워지고 싶다는
이율배반적인 감정을 노래한 곡입니다.

1984년에 발표된 퀸의 명곡이죠. 같이 하고 싶지만 또한 속박에서 벗어나고픈 사랑 그리고 삶의 이중성을 노래했다고 볼 수 있습니다. 그런데 80년대 당시 군부독재에 시달리던 남미 국가에선 이 노래가 자유에 대한 찬가로 시위대에게 사랑받는 노래가 되었답니다. 또 남아프리카에서도 넬슨 만델라가 투옥당한 상태에서 저항 운동을 펼치던 사람들에게 주제곡처럼 애창됐다고도 하고요. 그리고 이 곡의 뮤직비디오를 찍을 당시 퀸의 멤버 중 로저 테일러와 존 디콘 두 명이 우리나라를 깜짝 방문했었습니다. 당시 인터뷰도 하고 기자회견도 했는데, 보헤미안 랩소디를 비롯한 많은 곡들이 군사 정권에 의한 금지곡이라고 전해주자 굉장히 서운해 했다죠.

영웅, 사막에서도 꽃향기를 맡는 자

"지난 주말, 길을 걷다 보게 된
앙상한 모습의 가로수와 그 옆의 작은 벤치가
조금 외로워 보였습니다.
그곳에 앉아 잠시 쉬며 어느 길로 가면 좋을지
생각했습니다." _010 **** 0568님

11월의 끝자락에 어떤 분이 적어주신 사연입니다. 매년 늦가을, 라디오 부스에 도착하는 사연도 계절을 따라갑니다. 헐벗은 나무와 쌀쌀한 바람만큼 삶에 대한 고민이 깊어지는 때가 바로 늦가을이죠. 인생이라는 굽이굽이 길고 험난한 길 위에서, 가끔 멈추고 쉬며, 걸어온 길을 또 걸어갈 길을 생각하는 일은 밥 먹는 일 이상으로 우리 삶을 건강하게 하는 작업입니다.

우리는 최선의 선택을 위해 준비하고 심사숙고 후 결정합니다. 그렇지만 그런 심각한 사색 후에도 미련이 남고 잘못된 길에 들어선 건 아닌지 고개를 갸우뚱합니다. 저 역시 일일이 설명하기 어려울 정도로 많은 일 가운데 갈팡질팡 했습니다. 스무 살 즈음부터, 무언가 중요한 일을 스스로 결정하기 시작하면서부터 그랬습니다. 대학입시, 사랑, 연애, 결혼, 취업 등. 여러 중요한 선택의 문제에서 늘 결정 후에도 고민이 많았습니다. 그러던 어느 날 문득, 고개를 드는 생각이 있었습니다. 그동안 제가 넘어지고 한동안 일어나지 못해 길 위에서 혼자 울고 있었던 기억, 그것이 처음에는 발을 잘못 들여서 문제인줄 알았습니다. 하지만 시간의 선물인지, 경험의 소산인지, 문제는 선택에 있기 보다는 그 선택을 받아들이는 제 자신에게 있다는 것을 알았습니다. 제가 고심해 선택한 길에는 문제가 없었습니다. 어떤 길이든 오르막과 내리막이, 때로는 장애물과 덫이, 그리고 가끔 숨은 행복 찾기가 꽃처럼 피어있었다는 사실을 뒤늦게 알았습니다. 단지 자발적으로 들어선 길을 따라가면서도 그 길을 믿지 못할 뿐이었습니다. 의심이 많아지고 즐기지 못하고 자꾸 뒤돌아보고 다른 길에서 기웃거리는, 나를 믿지 못한 내가 있을 뿐이었죠.

사람들은 내가 택하지 않은 혹은 택하지 못한 길에 미련을 갖습니다. 한데 정녕 길이 문제일까요? 어떤 길이든 사실 꽃은 피어납니다. 나의 길을, 나의 환경 혹은 결정을 탓하기 전에 내가 이 탓 저 탓만 하다가 사이사이 숨어있는 나의 성장을 도와줄 꽃씨들을 놓치고 지나온 건 아닌지 거슬러 가봐야 합니다.

성인이 되기까지 예술에는 전혀 흥미를 보이지 않았던 화가가 있습니다. 스물한 살, 법률사무소의 서기로 일하던 그는 맹장염으로 몇 개월 동안 병원에서 누워있어야만 했죠. 이때 그의 어머니는 아들의 지루함을 달래기 위해 물감을 선물합니다. 그리고 그는 변호사의 길에서 화가의 길로 갈아탑니다.

강렬한 색감으로 단숨에 시선을 사로잡는 화가, 앙리 마티스, 그는 말합니다.

"꽃을 보고자 하는 사람에게는 어디에나 꽃이 피어 있다."

황무지에서도, 사막에서도, 꽃을 보고 꽃향기를 맡을 수 있는 사람이 진짜 영웅이겠죠.

Hero / Mariah Carey

우리 내면의 힘을 믿고
강해지라고,
우리 모두가 영웅이라고
힘주어 말하는 곡이죠.

이 곡은 93년에 발매된 그녀의 3번째 앨범 Music box에 수록된 노래입니다. 워낙 히트를 해서 이 곡을 모르는 팝팬은 안 계실 것 같은데요. 사실 당시 이 곡이 나왔을 때 평론가들은 혹평을 했고 머라이어 캐리 본인도 좋아하지 않았다고 합니다. 그러던 중 한 팬의 편지를 받았는데, 그는 자살을 결심했다가 이 노래를 듣고 힘을 얻어 살아가게 됐답니다. 그 이후 머라이어 캐리는 공연에서 되도록 이 노래를 자주 부르기로 마음을 바꿨다고 하네요.

생각을 정리할 때는 여행

요즘은 여행이 취미이자 특기인 사람들이 참 많습니다. 그저 부럽습니다. 그렇게 다닐 수 있는 시간이, 돈이, 체력이 부럽습니다. 직장에 –그것도 라디오 생방송을 맡은지라– 가정에 메여 있어서 여행(?)다운 여행을 언제 했나 기억도 나지 않습니다. 매년 어딘가를 다녀오기는 했었는데, 애들에게 치여 푹 쉬다 왔다는 느낌이나 자아를 찾았다는 느낌은 별로 없었습니다. 그래도, 올해도 또 꿈이라도 꿔 봅니다. 이번에는 야자수가 시원한 그늘을 만들어 주는 곳에 해먹을 설치하고, 선 베드에 누워 음악을 플레이시키고, 겉표지만으로도 너무 멋진 책 한권을 읽는 꿈을. 거기에 더 바람이 있다면 모델 뺨을 때리지는 못해도 나이 보다 젊어 보이는 수영복에 구릿빛 반지르르한 피부를 뽐내보겠다고.

만만하지는 않지만 확실한 자가 동력이 가능한 것이 '떠남' 아닐까요. 든든한 이부자리가 있고 수저와 그릇들이 부름 받기만을 기다리는 집을 떠나 외딴 곳에서 숙식을 해결하는 것은 비용적인 측면에서는 마이너스일 수 있지만 큰 틀에서 보면 오히려 플러스이기 때문에 사람들은 오늘도 짐을 싸는 것일 겁니다.

여행이 좋은, 여행을 겪어야 하는 이유는 바로 그런 것이겠죠. 날달걀이 팔팔 끓는 물을 견디고 단단해지듯이 한바탕의 좌충우돌 여행을 겪고 나면 처한 상황이 바뀐 것도 아닌데, 풀리지 않던 일을 다각도로 바라보며 새로운 안정을 찾는 것. 그리고 내 일상을 재구성해 보고 내 삶의 우선순위는 무엇인지 헤아리는 더 깊은 시야도 덤으로 얻어가는 것. 평소 안정적인 생활권 안에서는 예기치 못한 순간을 맞닥뜨릴 확률이 적습니다. 하지만 연출이 없는 곳에서 이방인으로서의 생활은 다릅니다. 특히 말 안통하고 물 설은 곳에서는 끼니 하나 때우기도, 화장실 한 번 가기 벅찰 때도 있고, 모든 것이 나의 문제해결 능력의 척도기도 합니다.

이런 일차적인 번뇌를 반복하다 보면 인간의 두뇌는 기존의 생활에서는 습득하지 못했던 새로운 알고리즘을 만들어 갑니다. 두려움도 없지만 설렘도 없는 환경에서 탈피해 우리는 낯선 환경에 던져지고 거기서부터 살아남기 위해 안간힘을 씁니다. 물론 이미 많은 부분을 미리 세팅하고 떠나는 여행은 여행일 뿐이라 할 수도 있습니다. 하지만 평소와 다른 길을 걷고 다른 음식을 주문하고 다른 호기심을 갖는 것만으로도 우리 뇌는 새로운 자극으로 새로운 문제 해결 방법을 터득합니다.

Go west / Pet Shop Boys

함께 탁 트인
푸른 하늘이 있는
서쪽으로 떠나서
새로운 삶을 시작하자는
내용의 곡이에요.

1981년에 결성된 영국의 신스팝 듀오, 펫샵 보이스의 대표곡이죠. 빌리지 피플이 부른 곡을 리메이크했는데요. 우리에게는 지난 2002년 월드컵 당시 응원곡으로도 많이 불려서 더 친숙한 노래기도 합니다. 여전히 여름 휴가철만 되면 숱하게 리퀘스트 되는데요. 곡 도입부부터 들리는 파도소리와 갈매기 소리에 떠나자고 외치는 가사까지, 어깨를 절로 들썩이게 만드는 노래입니다.

난 (모두가 사랑하는) 상시할인 쿠폰이 아니다.

띠링. 휴대폰 문자가 도착했습니다. 생일까지는 아직 한참 남았는데, 집 앞 마트에서 보내준 생일맞이 상시할인쿠폰이 메시지 함을 채우니 든든합니다. 패밀리레스토랑은 통신사 할인, 신용카드 할인 덕에 제 돈 다 내고 먹으면 오히려 바보 되는 곳이지만 마트는 좀 다르죠. 일단 상시할인쿠폰은 잘 보내주지도 않고 보통 얼마 이상을 사야 얼마를 할인해 준다거나, 이삼일동안만 물건 값을 깎아주는, 알미운 조건부 그리고 깍쟁이 시한부 할인을 약속합니다. 헌데 이번에 도착한 쿠폰은 자그마치 석 달이라는 유예기간을 두고, 얼마 이상을 사야 할인해주겠다는 요구조건도 없는, 그야말로 우렁각시같은 할인쿠폰입니다. 행여나 귀한 몸 잃어버릴까 얼른 캡처해 놓고 갑자기 생각에 잠깁니다.

생일, 기념일에 맞춰 전송되는 상시할인쿠폰. 모두가 원하는 종류의 쿠폰이지만, 안타깝게도 우리 모두가 상시할인쿠폰이 될 수는 없습니다. 사랑하고 싶고 사랑받고 싶은 건 사람이면 누구나 갖고 있는 보편적인 인간의 본성입니다. 그리고 적재적소에 심어진 사랑은 단단하고 기름진 열매를 맺습니다. 사랑을 많이 받고 자란 아이들이 그렇지 못한 아이들보다 대인관계를 잘 맺고 사회 적응력도 빠르고 건강한 삶을 산다는 여타 자료는 이를 증명해주죠. 사랑해주고 지지해주면 자가발전하며 없는 에너지도 만들어 쓰는 것이 인간이니까요. 이는 어른도 마찬가지입니다. 신뢰하고 아껴주면 더 분발하여 예상을 뛰어넘는 성과를 보여줍니다. 하지만 해를 보내고 세상을 깨치면서, 우리 주변이 항상 좋은 부모처럼 우리를 따뜻하게 인정해주지는 않는다는 현실을 알아갑니다. 우리가 발을 비비고 사는 세상은 각자 손바닥의 주름이 다르게 생긴 거만큼이나 다양한 인간군상이 존재하고 그들의 욕망 또한 가늠할 수 없을 정도로 복잡하니까. 그리고 세상은 '나'를 기다릴 만큼 느긋하게 굴러가지 않으니까. 나 또한 세상의 한 부분으로 상처주고 받아왔고, 또 앞으로도 그렇게 살 수 밖에 없으니까.

이리 말하고도 저 또한 타인의 비판 혹은 거절에 쉽게 무너지는 인간입니다. 방송을 하다보면 원치 않는 리액션을 받곤 합니다. 디제이가 마음에 안 든다, 뉴스가 이상하다, 뭘 알고 말하는 것이냐, 식상하다 등등등. 때로는 친절하고 나긋나긋한 말투로 '당신이 마음에 들지 않는다'는 시그널을 보내는 사람들도 있습니다. 하지만 오래 마음에 남는 말은 날렵하고 정확하게 저의 단점을 지적하는 내용입니다. 얼마 전 또 한 차례 세찬 소나

기처럼 내리꽂히는 의도치 않은 사연을 접하고 방송 후 생각해 보았습니다. '과연 나는 나와 인연을 맺었던 모든 사람이 좋았었나.' 타인으로부터 왜 거절을 당했는지 그 이유가 중요하기도 하지만 때로는 중요하지 않기도 합니다. 거절의 이유를 안다한들 개인의 모든 취향을 소화해낼 수는 없으니까. 사공이 많으면 배가 산으로 간다는 식이랄까요. 다만 거절을 당했을 때 고민은 필요합니다. 모든 물음표에 정답을 내놓을 수도 혹은 내놓을 필요도 없지만, 어찌됐든 태클이 들어왔다는 건 잘 살고 있다고 믿는 내 자신에게 물음표를 던지는 일이니까요. 거절은 아픈 것이기 때문에 신중하면서 분명하게 전해야하고, 또 내 입장을 확실히 정리해서 받아들여야합니다. 수술은 커다란 고통이지만 제대로만 됐다면 빠른 치유를 가져 오니까요.

Let it go / Idina Menzel

과거에는 타인의 시선에 갇혀
모든 이들에게 사랑받으려고 애썼다면
더는 그렇게 살지 않겠다고
남들에 의해 상처 받기보다
주체적으로 살겠다고
다짐하는 내용의 곡입니다.

전세계적으로 인기를 끈 애니메이션 '겨울 왕국'의 주제곡이죠. 우리나라에서도 관객 천만 명을 동원한 유일한 애니메이션 작품이기도 합니다. 영화만큼이나 이 곡도 대단한 사랑을 받았습니다. 발표 당시 전 세계 차트 중 유일하게 우리나라에서 1위를 기록하기도 했죠. 지금도 해피송에서 조금이라도 찬바람이 불거나 눈이 오기라도 하면 선곡 요청이 수 없이 들어오는 곡인데요. 원래 엘사는 악한 역할이었다고 합니다. 하지만 수정을 거듭하면서 평생 타인의 시선 속에 자신을 가두다가 그 굴레에서 벗어나는 주인공으로 변모하게 됐습니다. 그리고 곡도 그에 맞춰 변해갔다고 하네요.

Music
Broadcast
Radio
HappySong
DJ
Vioce
Request
Healing
FM98.1MHz
Live
On Air

SIDE C

안녕하세요
유지수의 해피송입니다

O
Madonna
M
K
J

기다림

벚꽃축제가 한창인 때, 취준생의 사연을 받았습니다.

"지원한 회사에서 차일피일 합격자 발표를 늦추고 있습니다. 속이 타는 하루하루가 이어지고. 공부도 손에 안 잡히고, 그냥 시간이 흐르는 것을 온몸으로 느끼고 있습니다."
_'바람의 아들' 님

무언가를 간절히 기다려 본 사람은 다들 취준생의 마음을 이해할 겁니다. 내 노력만으로, 내 의지만으로 되지 않는 일들이 마트에 쌓인 라면박스보다 많다는 것을.

《스탠 바이 미》, 《샤이닝》, 《쇼생크 탈출》, 《그린 마일》의 원작자 스티븐 킹. 그는 1977년부터 '달러 베이비(Dollar Babies)'라는 프로젝트를 진행 중입니다. 영화를 공부하는 학생들이나 젊은 제작자에게 자신의 작품을 영화화할 수 있는 권리를 일 달러, 달러 한 장만 받고 빌려줍니다. 조건은 판권을 킹 본인에게 둘 것, 상업적인 영화를 만들어서는 안 될 것. (영화_쇼생크 탈출, 그린 마일, 워킹데드의 감독 프랭크 다라본트도 킹의 '달러 베이비' 시스템으로 성장했죠.)

이름이 곧 브랜드인 스티브 킹. 하루아침에 스타작가가 되었지만 많은 작가가 그러하듯 그는 철저한 소외와 갈등을 숙주 삼아 오랫동안 역량을 키워왔습니다. 그의 과거를 캐보면 무수한 거절과 실패가 고구마 줄기처럼 나옵니다. 구더기가 득실거리는 공장형 세탁소 안에서 식탁보를 빨고 또 빨며, 식사 때는 덥고 습한 세탁실 한편에서 소설을 써 내리고, 고양이만한 쥐가 활보하는 공장에서 일하며 원고를 씁니다. 나라에 신세를 질까 두려워하며 글을 썼다는 그. 돈을 벌기 위해 글을 썼고 동시에 글을 쓸 수 있어 쉼 없는 가난과 암울한 미래를 극복할 수 있었노라고 밝히죠. 아마 글쓰기가 없었다면 그 고통의 시간을 견딜 수 없었을 것이라고요.

성경 속의 말씀이었나요? "믿고 기다리라." 우리와 얽혀있는 일들이 전자레인지 타이머처럼 몇 초가 남았다고 알려주면 좋으련만. 현실은 전자레인지처럼 깔끔하지가 않죠. 하지만 내가 가진 역량을 남김없이 쏟아냈다면 기다림은 수동태가 아니라 강하고 분명한 능동태가 될 것입니다. 어쩌면 우리는 산 아래를 굽어보려고 오르는 것이 아니라 내 걸음으로도 정상에 갈 수 있다는 의지와 희망을 증명하기 위해 숨을 헐떡이며 발걸음을 떼는 지도 모르겠습니다.

그 취준생은 후에 어떻게 되었을까요. 합격했습니다. 하지만 방송에서는 사라졌습니다.

A new day has come / Celine Dion

(곡의 전반부)
오랜 어두웠던 시절을 통과하고
새날이 왔다는 가사가
힘을 주는 노래입니다.

이 노래는 2002년에 발표한 셀린 디온의 6집 앨범 타이틀곡입니다. 제목답게 그리고 가사답게 새해 첫날이면 '해피송'에서 꼭 나가는 곡인데요. 이 노래는 멜로디도 좋지만 가사에 인생의 진리가 담겨 있어 더 인상적입니다.

기다리고 기다리고 또 기다리면 새로운 날이 올 거라는 진리, '이 또한 지나가리라' 라는 그 진리요.

"돌아갈 집이 있고, 힘들 때 생각나는 사람이 있고, 외로울 때 부를 노래가 있다면 행복" 이라고 읊는 노숙인 L씨. 그는 8남매 중 막내로 어렵게 살았습니다. IMF가 터지며 정리해고를 당한 후 거리로 나와 생활하기 시작했습니다. 그 후 2014년, 그는 어떤 계기가 있었는지는 알려주지 않았지만 길거리 생활을 청산한 후 노숙인 대학 '성 프란시스 대학'에 들어갑니다. 그곳에서 글쓰기, 문학, 철학, 역사 등 인문학을 배우고 내적 상처를 치유하게 됩니다.

'노숙인에게 인문학을?' 인문학을 배운다는 노숙인들의 이야기를 처음 접했을 때, 김치찌개를 포크와 나이프로 먹으려는 계산이라는 생각을 했습니다. 인문학은 인문계 학생들에게도 외면 받는, 생존에 필요한 학문이 아닌, 등 따시고 배부른 사람들이 찾는 교양이라고 생각했기 때문입니다. 저 역시 대학에서 인문학을 전공했지만 방송사에 취업했기 망정이지 아니면 어디 가서 밥벌이를 할 수 있었을까 싶습니다. 헌데 미국의 한 언론인, 얼 쇼리스는 생각이 달랐습니다. 그는《희망의 인문학》이라는 책을 통해, 삶을 바꾸는 희망의 수업 '클레멘트(소외계층을 위한 정규 대학 수준의 인문학 교육과정)' 코스를 제안합니다. 그리고 이것이 개인의 삶을 성찰하도록 도와주고 나아가 자존감을 북돋아주고 삶의 질을 높이며, 더 나아가서는 행동하는 삶을 살도록 도와준다고 얘기합니다. 밥벌이에는 전혀 도움이 안 된다고 생각되는 인문학이 일상을 자율적이고 자신감 있게 새로 시작하도록 도와준다고요.

우리나라에서도 펴져나가고 있는 노숙인 인문학 수업. 노숙인 인문학 수업을 중도에 포기한 사람들도 물론 있습니다. 그리고 인문학의 테두리에서 겉돌다 튕겨 나가버린 노숙인들을 보면, 그들에게 정말 가르쳐야 할 것이 인문학인지에 대해서도 의문이 듭니다. 실제로 인문학 수업에 참여하였던 노숙인 중 상당수는 왜 자신들이 인문학을 배워야 하는지 제대로 몰랐기 때문에 포기하는 경우가 많았죠. 그러나 그들에게 무슨 이유로 인문학이 필요한지 얼 쇼리스는 분명히 얘기합니다. 인문학은 성찰적 사고와 자율성을 선사한다고. 그리고 '자율적으로' 행동할 수 있을 때 비로소 가난 문제를 스스로 해결할 수 있다고 설득합니다. 삶을 자율적이고 자신감 있게, 새로 시작하도록 이끌어 주는 도구의 인문학. 그것은 인문학이 인간을 탐구하는 학문이기 때문일 것입니다.

Life is cool / Sweetbox

관점을 달리해서
긍정적으로 바라본다면
인생이 멋지게
달라질 것이라고
외치는 노래에요.

아시아권, 특히 우리나라에서 큰 인기를 얻었던 그룹이죠. 스윗 박스가 지난 2004년에 발표한 노래입니다. 파헬벨의 캐넌 선율을 기반으로 하고 있어서 한 번만 들어도 아주 친숙한 멜로디인데요. 스윗 박스는 그들의 또 다른 인기곡, Everything's gonna be alright에서는 G선상의 아리아를 샘플링 했습니다. 그만큼 클래식을 차용해서 현대적 감각으로 재해석 하는데 재능을 뽐냈던 그룹이죠. 친숙한 멜로디와 긍정적인 가사 덕분인지 발표 당시 미니홈피 배경음악으로도 정말 많이 사용되기도 했었습니다.

완전하지 않아도 괜찮아

아이들과 책을 함께 보다 뒤늦게 과학 상식 하나가 늘었습니다. 다이아몬드와 흑연은 모두 탄소로 이루어진 물질이라는 거.

마릴린 먼로가 영화 속에서 고백한 적이 있었죠? Diamonds are a girl's best friend. 여성들의 절친이라는 다이아몬드는 소유치 않는 사람은 있어도 모르는 사람은 없는 물체입니다. 자연에 존재하는 물질 중에서 가장 단단한 물질, 모스 경도계로 경도 10의 최상의 광물입니다. 빛의 굴절률이 커, 보석으로 소중히 다뤄지고 있고요. 반면 다이아몬드의 형제라고 불리는 흑연(우리가 아는 연필심)의 경도는 1.5입니다. 사람 손톱의 경도가 2.5 정도니깐 손톱보다도 부드럽습니다. 그리고 시중에는 천연 다이아몬드의 단단함과 빛의 굴절을 닮은 인조 다이아몬드가 있습니다. 흑연을 45,000 기압이라는 초고압에 섭씨 1,100도를 유지하면 다이아몬드, 인조 다이아몬드가 됩니다. 이렇게 탄생한 인조 다이아몬드는 결정 모양도 아름답고 가격도 천연 다이아몬드에 비해 월등히 저렴하지만, 지나치게 결점이 없어서 보석시장에서는 외면을 당하고 공업용으로 쓰이고 있는 실정이죠.

그런데 아름답고 눈부신 다이아몬드지만, 그 세상 속으로 들어가면 핏빛 역사를 찾을 수 있습니다. 다이아몬드는 그 단단함과 빛나는 색채 때문에 많은 재앙을 가져왔죠. 아프리카 '시에라리온'의 경우, 넘치는 다이아몬드 때문에 얼마나 많은 사람들이 희생되었는지. 시에라리온의 정부군과 반군 사이에는 다이아몬드가 있었습니다. 두 집단의 탐욕으로 인해 많은 사람들의 손목이 잘리고, 얼마나 많은 소년병들이 살상을 일삼고, 서로가 서로의 삶을 잔인하게 파괴하였는지 모릅니다. 그럼에도 불구하고 대부분의 시에라리온 사람들은 그 값비싼 다이아몬드를 가지고 있으면서도 가난을 면치 못하고 있습니다.

다이아몬드의 산지 시에라리온의 아픔을 떠올리면, 인간의 역사에서 문학, 수학, 예술 등의 분야에서 중요한 부분을 담당한 흑연이, 정밀 공업에 불가결 필수재인 공업용 다이아몬드가 시장 단가는 천연 다이아몬드 보다 훨씬 낮아도 더 평화롭고 이로운 존재가 아닐까 싶습니다. 우리도 마찬가지겠죠. 월급명세서나 명함 속 직함, 자동차 배기량으로 나를 판단 내릴 필요는 전혀 없는 거겠죠. 모 가수의 모창으로 먹고사는 이나, 모 연예인의 성대모사로 먹고사는 이나 모두 의미 있는 삶을 사는 것이니까요. 원조만 강조하는, 순혈주의만 고집하는 세상이라면, 보통의 사람들은 설 자리가 없어질 겁니다. 천연 다이아몬드, 흑연, 공업용 다이아몬드, 모두 존중하고 서로 인정할 수 있을 때 세상은 한 걸음 도약하고 우리는 더 편안한 마음으로 잠자리에 들 것입니다.

완전치 않아, 모자람이 더 눈부신 우리입니다.

실패와 상처 속에서, 고압과 고열 속에서 성장하는 삶을 사는 우리는 그 존재만으로도 온전히 사랑받을 자격이 충분합니다.

What's up / 4 Non Blondes

불완전한 삶 속에서 혼돈스러울 때면
밖으로 나가 무작정 세상을 향해 소리치고,
변화와 희망을 위해 기도 한다는 내용의 노래입니다.

네 명의 금발이 아닌 여성멤버들로 이뤄진 그룹이죠. 포 넌 블론즈(4 Non Blondes)의 최대 히트곡인 what's up입니다. 금발도 아닌 평범한 네 명의 여성들이 모여 록을 한다, 지금도 그렇지만 이들이 데뷔했을 당시인 8,90년대엔 더더욱 이들을 바라보는 시선이 차가웠습니다. 이 곡을 만든 린다 페리는 바로 이러한 어려운 환경과 불확실한 미래 속에서 자신들의 불안감을 이 노래를 통해 폭발시켰습니다. 완전은커녕 부족함 투성이인 자신들이지만 더 나은 미래를 위해 신에게 기도하고 변화를 꿈꾼다는 희망도 내비치죠. 그 불안과 희망의 공존이 노래가 나온 90년대 젊은이들에게 큰 공감을 일으켰고 결국 이 노래는 90년대 젊은이들의 주제곡이 되었습니다.

지금 스스로 보잘 것 없다고 느껴지나요?
심호흡 깊게 하고 이렇게 외쳐보며 떨쳐내는 건 어떨까요?
세상이 왜 이렇게 돌아가는 거냐고!

비상

제가 여행을 자신 있게 논할 수 있는 사람은 아니지만, 그래도 남들에게 소신껏 여행했다고 말할 수 있는 한 가지 여정이 있습니다. 20대 초반 친구(아쉽게도 여자 친구였지만)와 둘이서 미국 서부를 훑어본 적이 있습니다. 2주 정도의 시간이었던 걸로 기억합니다. 미국 캘리포니아의 샌프란시스코에서 서북부의 시애틀까지, 그레이하운드와 암트랙을 타고 올라갔다 내려왔습니다. 무식하면 용감하다고 인터넷에서 가장 싼, 달리 말하면 우범지역의 숙소를 예약했습니다. 여자 둘이 시애틀 외곽에 있는 저렴한 숙소를 잡았는데 옆방에는 2미터가 넘는 바짓단을 질질 끄는 흑인들이 알쏭달쏭한 미소를 지으며 인사를 건넸고, 게다가 왠지 요상한 약을 즐길 거 같은 느낌의 사람들이었습니다. '하이~' 하고 인사하는데 순간 멈칫, 등골은 오싹했습니다. 또 포틀랜드를 돌아다닐 때 숙소는 인도출신의 여성이 주인이었는데, 화장실 샤워기의 물줄기는 동파방지 시 틀어놓는 물처럼 소심히 흘러 나왔습니다. 무엇보다 합장을 부르는 독특한 향냄새로 밤새 아픈 머리를 부여잡아야했죠. 샌프란시스코에서는 드디어(?) 소매치기도 만났습니다. 차이나타운 근처에서 버스를 탔는데, 별로 붐비지도 않는 실내였지만 버스에서 내리고 보니 가방에 커다란 칼자국과 구멍이. 지갑은 이미 다른 주인을 따라간 모양이고요. 게다 5월인데도 샌프란시스코의 바닷바람이 너무 추워 반바지 차림으로 갔다가 바들바들 떨며 돈 없이 고생했던 기억도 선명합니다. 참 많이 걷고, 많이 힘들고, 많이 배고팠지만 그 덕분에 인생여행으로 등극한 추억이기도 하죠. 프로여행러에 비하면 아기 걸음마 같은 여행기지만 그 여행 덕분에, 상처로 얼룩진 조개가 진주를 품듯 몸도 마음도 한층 성숙하게 여물어 갔습니다.

조개가 먹이를 먹을 때, 모래 등 이물질이 조개 속으로 들어갑니다. 이물질은 여린 조개의 속살에 상처를 입히므로 보통의 조개는 이를 걸러냅니다. 그러나 진주를 만드는 조개는 이에 그치지 않고 상처를 보호하고 이물질을 제거하기 위해 하얀 우윳빛깔 화학물질을 만들어 내지요. 그 화학물질들이 계속 상처를 동그랗게 겹겹이 덮어 쌓아가면서 결국 고운 진주 한 알을 만들어 냅니다.

사람이니깐 누구나 가끔씩 기분이 울적할 때가 있습니다. 특별한 계기가 있기도 하고, 아니면 자질구레한 생각들이 빠끔히 올라와 마음을 어지럽힐 때도 있죠. 바로 진주를 만들 때입니다. 그럴 때 가끔 저는 향수를 뿌립니다. 그러면 마치 모래

속에 머리를 박고 있으면 안전하다고 믿는 타조처럼 괜히 기분이 좋아집니다. 그 어떤 것이라도 좋습니다. 한 방울의 향기도 좋고, 4분 남짓한 철지난 노래라도 괜찮고, 지난여름 가족과 함께 찍었던 사진이라면 더할 나위 없이 좋고요. 외부에서 날아드는 화살을 피할 수만 있게, 아니 든든하게 지켜주는 방패 하나쯤은 내 안에 쟁여놓아야 하죠. 그 힘으로 나를 괴롭혔던 주위 것들을 떨쳐내고 다시 일어서 한 발 나아갈 수 있을 겁니다.

You gotta be / Des'ree

용감해지고, 단단해지고, 강해지라고,
두려움을 떨치고 미래를 향해 나아가라고
주문하는 내용의 곡이죠.

1994년에 발표한 데즈레의 히트곡입니다.
장기간 빌보드 차트에 머물면서 전세계적인
사랑을 받은 곡이기도 합니다.
세련된 멜로디와 함께 직설적인 화법이
매력적으로 다가오는 노래예요.

고래를 좋아하는 아이가 오늘도 고래와 관련된 질문을 합니다. 우리 바다에서도 고래가 사냐고.

동화작가 김일광 선생은 그의 책 《귀신고래》를 통해 동해에서 헤엄치던, 귀신처럼 신출귀몰하다는 귀신고래 이야기를 들려줍니다. 그리고 지금은 더 이상 모습을 드러내지 않는 한국 귀신고래를 찾는다면 우리 바다 '동해'의 이름도 찾게 될 거라고 얘기합니다. 영화, 해적(감독 이석훈)의 주인공이기도 한 귀신고래는 1960년대까지만 해도 울산 장생포에 자주 모습을 드러냈었지만, 지금은 무분별한 고래 포획과 서식지인 바다가 오염되면서 서서히 모습을 감추었습니다. 평균수명이 70세인 귀신고래의 사는 모습은 인간과 크게 다르지 않았습니다. 우리가 엄마 뱃속에서 열 달을 보낸 것과 비슷하게 귀신고래는 대략 13.5개월 동안 어미가 아가를 배 안에서 키워갑니다. 모성애가 강한 것도 우리와 닮은꼴인데 현재는 인간의 이기심으로 터전을 잃어버린 관심필요종이라 쉽게 만날 수 없는 생물이죠.

우연히 접한 동화책에서 아이는 '귀신고래'의 생태에 대해, 저는 그의 서식지 '울산'에 대한 생각을 하기 시작했습니다. '울산'이라는 두 글자가 눈에 들어오자 기억 저편에 있던 울산 출장이 떠오릅니다. 당시 입사 2년차, 모 남자선배와 울산CBS 개국기념 축하 공개방송 진행 차 출장을 떠났습니다. 몇몇 가수들이 초대된 2시간짜리 공연이었고, 울산 현지 공개방송을 서울을 포함한 전 지역에 송출하는 크다면 꽤 큰 공연이었습니다. 그리고 공개방송 경험도 미숙한데, 낯선 지역에서, 그것도 야외에서, 심지어 폭우가 쏟아지는 날, 그렇게 첫 출장의 역사가 기록되었습니다. 유능한 신데렐라라면 위기를 기회로 삼았겠지만, 저에게 그날의 출장은 그냥 위기 그 자체였습니다. 당시 울산 어디에서 공개방송을 하였는지는 기억이 나지 않지만 그날의 날씨만은 선명하게 머릿속에 있습니다. 공개방송이 시작될 저녁 무렵, 한두 방울의 비가 내리기 시작하더니 공연 중간쯤 되자 폭우가 야외무대를 폭격하기 시작했습니다. 공연을 하는 몇몇 가수의 댄스팀이 비에 미끄러지고, 마이크가 물에 안 닿게 조심하며, 우산을 쓰고 진행하던 기억. 부슬부슬 내리던 비가 사정없이 세차게 내리기시작하면서 아예 저는 우산을 쓰고 무대 한구석에 보조요원처럼 서 있었고, 남자선배 혼자 1인 진행을 하는 상황이 돼버렸습니다. 당연히 관객들도 거의 빠져나가고 물에 빠진 두 생쥐는 터덜터덜 숙소로 돌아왔습니다.

뒤풀이 자리에서는 아무개 선배의 지역 PD로서의 덤덤한 애로사항을 진지하게 들어야했고, 당시 울산에서 파견근무 중이던 -서울에 연고지가 있는- 아이가 셋인 직장맘 선배의 고충도 나누어야 했던. 늦은 봄 울산의 밤 어느 식당의 공기는 스물여섯의 철없는 2년차 직장인이 감당하기에는 너무 무거웠습니다. 서울에서 파견된 본부장의 갑질과 열악한 지역 방송 실정에 대한 이야기를 나눴는데, 어느덧 16년 차의 직장인이며 두 아이를 키우는 직장맘으로 당시 이야기를 떠듬떠듬 재구성하니, 두 선배님이 얼마나 힘드셨을까 이제는 조금 그 마음이 헤아려집니다. 그 때는 머릿속으로 언제 이 자리가 끝나고 들어가 쉴 수 있을까 생각뿐이었지만, 입으로는 '아 네, 고생이 많으시네요.' 무성의한 대꾸만 남발했었습니다. 하여 제게 울산하면 첫 출장, 비, 고생담 듣던 기억이 박자를 맞추며 떠오릅니다.

울산 공개방송 참사 당시는 여러모로 사실 힘든 때였습니다. 조직에서 인정받지 못한 자신을 두고 한 없이 고민이 많던 시기기도 했습니다. 단지 내가 능력이 부족하다는 이유만으로 그렇게 모욕적인 언사와 언행을 감내해야하나, 아니 능력 부족을 핑계 삼아 '나'라는 사람의 자존심과 자존감을 일부러 깎아내리려 하는 것은 아닐까 부정적인 생각이 머릿속을 잠식하던 때였습니다. 그 당시 저는 조직에 충성심이 없다는 이유와 젊은 것들은 빡세게 굴려야한다는 사고를 가진 분들 덕에, 더 충성심을 가질 이유가 없었고 더 빡센 사내문화를 감내하고 싶지 않았습니다. 혹시 이 순간 이 글을 읽는 당신이 귀신고래처럼 터전을 잃어버린 거 같다면, 내 존재가 부정당하고 있으며 나는 정말 쓸모없는 인간이며 이 세상은 나를 미워하지만 아닌 척하고 있다고 느낀다면, 우선 타인의 이야기를 귀담아 듣지 말라고 귀를 막아주고 싶네요.

유능한 엘리트이며 사회가 인정하는 사람. 그리고 깊이를 알 수 없는 비소 같은 말. 잘 쓰면 약이지만 못쓰면 인간의 존엄이 타들어가는 독과 같은 말을 퍼붓는 사람이 있습니다. 자신만의 논리로, 자신의 생각을 소화가 안 되는 언어로 아무렇지 않게, 오히려 호혜를 베풀 듯이 나불대는 사람들이 있습니다.

한때는 저도 조직에서 인정받는 사람의 나쁜 말들을 새겨들어야 한다고 착각했었습니다. 나에게 피가 되고 살이 되는 말이라고. 사회경험이 적을수록 그렇게 여겼죠. 좋은 얘기라고. 누가 나에게 이런 얘기를 해주겠냐고. 하지만 많이 꺾이고 흐느끼다 정신을 차렸습니다. 모진 비바람을 굳이 내가 비상발전을 돌려가며 긍정의 에너지로 바꿀 필요는 없다고. 차라리 방음벽을 치는 게 낫다는 생각을 뒤늦게 했습니다. 꽃을, 열매를 앗아가고 뿌리를 뽑아버리는 비바람은 피할 수 있으면 피하는 게 맞습니다. 혹여 피할 수 없다면 얼른 지나가기를 기다리고 다시 찬란한 햇살을 맞이하자고요. 충고라는 이름으로 나의 자존감을 무너뜨리고 존엄을 훼손하는 얘기들은 내 안에 남길 필요가 없습니다.

그렇다면 어느 정도 수준이 그런 독설일까요. 듣기 싫은 모든 소리가 해가 되는 것은 아니라는 것쯤은 우리 아는 사람들이잖아요. 적잖이 충고와 조언을 들어봤던 사람으로서 쳐내야하는 말의 기준은 이런 것입니다. 자고 일어나도 부르르 떨리는 말. 상대가 한 말을 상대에게 돌려주고 싶은 말. 제 3자에게 이런 얘기를 들었다고 차마 말 할 수 없는 말. 그런 말들은 득이 되는 독이 아니라 빨리 제거해야하는 독입니다. 마치 구첩반상을 온갖 쓰레기더미 위에서 맛있게 받아먹으라는 꼴 인거죠. 그건 못 먹는 사람의 잘못이 아닙니다. 좋은 말이랍시고 아무렇게나 뱉어버리는 사람의 잘못인겁니다. 심신이 견고하고 부족함이 없는 사람은 결코 그런 식으로 남에게 충고하지 않는 법이죠.

속이 얹힌 날이 있죠. 뱃속이 아니라 머릿속.
불량식품까지 닥치는 대로 뇌 속에 쑤셔 넣어
소화가 전혀 안 되는 날.
뭔가 토해내야하고 풀어내야 하는데
꽉 막혀서 흐름이 없는 날.
머릿속도 다이어트가 필요한 날.
속이 얹히면 제자리를 찾을 때까지 곡기를 끊듯
머릿속도 얹히면 더는 어떤 얘기든 받아들이지 않기로 해요.
이미 우리가 가진 것만 소화시켜도
우리는 더 좋은 사람이 될 수 있습니다.

Beautiful / Christina Aguilera

사람들의 말에 의해 상처받더라도
당신은 그 누구보다 아름다운 사람이니
결코 아파하지 말라는 내용의 곡이에요.

크리스티나 아귈레라의 히트곡이자 그녀의 대표곡입니다. 이곡은 그룹 4 Non Blondes의 리드 보컬인, 린다 페리가 작사 작곡한 노래기도 한데요. 많은 이들에게 벽을 세우고 초라해져버렸던, 학창시절 자기 자신에게 충고와 위로를 건네기 위해 만든 노래였다고 합니다.

행복

같은 태양 아래 새로운 한 해가 시작되었습니다. 더불어 나이의 앞자리가 바뀌었고, 곧 나라에서 저의 건강을 걱정하면서 검진 좀 받으라고 잔소리를 시작하게 되겠네요. 그동안은 자신의 신념을 굳건히 세울지도 모를(?) '이립'의 끝자락에서 놀았지만 이제는 빼박 '불혹' 입니다. 그와 더불어 샘솟는 저의 소심한 고민들을 아는지 모르는지, 해가 바뀌었다고 크고 작은 순진한 덕담들이 오가고 참신한 다짐들이 고개를 듭니다. 왠지 모르게 작년 한 해는 어딘가 모자람이 있었고 '올 해는 작년보다 더 행복하리라 더 나아지리라 그렇게 만들리라.' 마음먹는 사람들의 다짐이 들려옵니다.

행복이라는 두 글자가 우리 삶에 스며들어야 잘 살고 있다는 안심이 들죠. 때로 강박적으로 행복을 찾습니다. 지금 이 순간 큰 고민과 잡념이 없음에도 괜찮은가 의심합니다. 걱정이 없으면 없는 대로, 있으면 있는 대로 고민인거죠. 누군가를 부러워하면 '내가 행복하지 않은가' 갈피를 잃은 자책을 하게 되고, 가볍게 넘겨도 될 비평에 끙끙 앓고 있는 모습은 소확행은커녕 소리 없이 행복을 멀리 저어멀리 보내버리는 거 같습니다. 이것이 불안증을 앓는 제 모습이고, 어쩌면 당신의 모습 어딘 가에도 이런 불안의 그림자가 덧씌워졌는지도 모르겠습니다.

행복의 반대말은 불안이 아닐까 생각합니다. 그 어떤 스펙이나 조건, 지갑의 내용물이 행복의 종착점이 될 수 없다는 데에는 당신도 고개를 끄덕일 겁니다. 하지만 성공 혹은 노력의 부산물이기도 한 이것들을 포기할 수도 없죠. 행복은 현시대를 살고 있는 우리에게 기도제목이 되어버렸습니다. 하지만 분명한 건 행복은 사막의 오아시스 같은 것이 아니라는 겁니다. 오히려 모래바람 부는 사막 한 가운데서 꿋꿋하게 살아남은 선인장을 만나는 것. 꼬막무침에 사리추가가 무료라는 것. 내 생일을 기억해주는 사람이 두 사람은 있다는 것. 이런 것이 행복이겠죠. 행복은 길바닥에 떨어진 동전과도 같은 것입니다. 단 투명한 그 동전은 보고자 마음먹은 자에게만 발견되는 법이죠.

사람들은 말합니다. 여행도 떠나기 전에 찾아보고 알아보고 탐색하는 과정이 즐겁다고. 선물도 주든 받든 상상하고 그려보고 이럴까 저럴까 결정하는 과정이 떨리는 일이란 걸. 이미 우리는 알고 있습니다. 행복은 오솔길 끝에 있는 샘물이 아니라 샘물을 꿈꾸며 걸어가는 길이란 것을요. 두 마리 토끼를 다 잡아서 행복인 것이 아니라 잡을 토끼가 두 마리나 있다는 게 행복입니다.

Happy / Mocca

삶이 불공평하고
비틀거리고 넘어지더라도
포기하지 말고 일어나
기운 내라는 노랩니다.
행복은 그 때 찾아온다고요.

이 곡을 이렇게 지면에 실어서 너무나 안타깝습니다. 한 소절만 들어도 말초신경이 깨어나는 듯한 박하사탕같은 곡인데. 모카는 인도네시아 가수입니다. 같은 대학에서 미술과 디자인을 전공하던 기타리스트 리코와 보컬 아리나가 만나면서 시작되었고, 중간에 멤버교체가 있었지만 훌륭한 뮤지션임에는 틀림없습니다. 특히 보컬 아리나의 음색은 비가 온 다음 날의 청량함이 있죠. 그녀의 재잘거림을 듣는 거만으로도 우울했던 기분이 싹 펴지는 경험을 하실 거예요.

지나온 길, 걸어갈 길

사회인이 되고 나서 만난 학생들은 이상하게 다 귀엽고 예쁩니다. 초등학생이든 중학생이든 고등학생, 대학생이든. 특히 대학생들은 이제 곧 사회에 발을 들여야 하는 예비사회인이기 때문에 더 눈길이 가고 뭐라도 도와주고픈 '이모 같은, 언니 같은' 마음이 듭니다. 그래서 회사에 이런 친구들이 오면, 특히나 아나운서 부서로 오면 뭔가 도움이 되는 한 마디라도 건네고 싶어지죠.

오전 9시 48분. 등 뒤로 여학생들의 재잘거림이 들립니다. 분명 이곳은 사람들이 자기자리에 앉아 자판을 두드리고 모니터를 확인하는 사무실인데. 가벼운 회의는 얼굴보고 회의실 의자에 앉기보다 단톡방을 활용하는 법인데. 슬쩍 고개를 들어보니 여대생 서너 명이 키득거립니다. 매년 CBS에는 여러 대학의 학생들이 인턴으로 찾아옵니다. 기자나 피디, 아나운서 등 방송을 열망하는 친구도 있고, 방송에는 관심이 없지만 낙타가 바늘구멍 뚫기보다 어렵다는 취업난 때문에 이력서에 뭐라도 한 줄 적자하는 친구도 있죠.

몇 해 전 초여름.

푸른색 스트라이프 티셔츠가 시원하게 보일 무렵 초롱이를 만났습니다.(본명이 초롱이는 아니지만 첫 만남 때 반짝이는 눈망울로 호기심을 보여준 친구라 그 이후 그녀는 초롱이가 되었어요.) 보통 사무실에서 만나는 대학생들은 낯선 환경에 대한 이질감을 감추지 못하거나 아직 학생 신분이라 너무 '학생처럼' 사무실에서도 행동하는데, 초롱이는 상황파악이 빠르고 예의바른 어여쁜 여학생이었습니다. 명랑하고 밝고 스펙도 착한 친구여서 나이 드신 선배님들은 일찌감치 며느릿감으로 낙점한 호감형의, 곁에 두고 보면 매력에 푹 빠지게 되는 친구였습니다.

이 친구는 아나운서부에서 인턴교육을 받았지만 실은 아나운서라는 직종에는 큰 관심이 없었고, 오히려 사회적 약자를 돕고 싶어 했고 사회사업에 의지가 있었습니다. 인성이 훌륭한 친구라 후배로 들어오면 참 좋겠다 싶어, 방송의 순기능에 대해 입이 아프게 과대포장을 했고 그녀가 방송을 하게 되면 얼마나 본인과 대중에게 도움이 될지를 설파했습니다. 방송, 특히 라디오 음악방송을 듣고 위로를 받고 힘을 얻는다는 사람이 많다, 방송도 직간접적으로 사회적 역할을 하는 부분이 있다, 초롱이 너는 방송을 하면 너의 밝은 기운 덕분에 많은 사람들이 에너지를 얻을 것이다 등등. 한참 제 말을 귀 기울여 듣는 거 같더니 자신이 없답니다. 다시 부추겼죠. 아니다, 처음에는 다

그렇다, 내가 보기에 너는 충분하다 등등등. 인턴교육으로 약속된 석 달은 기다려주지 않고 흘러갔습니다. 제가 초롱이만 쫓아다닐 수도 없었고, 초롱이도 다른 사람들과도 이런 저런 이야기를 나누면서 석 달을 보낸 후 그녀는 아리송한 미소와 함께 간단히 고맙다는 편지를 두고 떠났습니다.

삭막하게만 생각했던 방송국, 사회생활을 아나운서 선생님들 -그 친구의 유일한 단점, 꼭 선생님이라는 표현을 썼다는 것- 덕에 무사히 마쳤노라고. 그 후 따로 연락이 오지는 않았습니다. 처음 한 해 두 해는 혹시 입사지원을 하지 않을까 했는데 아나운서로는 물론이고 그 어디에도 지원하지 않았습니다. 초롱이의 선한 눈매가 가물가물 해질 무렵, B 후배가 그녀와 식사를 하고 왔다는 겁니다. 초롱이가 갑자기 유학을 간다고. 그동안 방송국에는 아예 관심이 없었고 이런 저런 일들을 하며 지냈는데, 남자친구와 헤어진 후 본격적으로 공부를 하고 싶다고 말했답니다. 새로운 세상에 가서 자신을 필요로 하고 자신이 할 수 있는 일을 찾겠다고. 안타까웠습니다. 물론 초롱이는 어디 가서도 사랑받고 일 잘한다고 칭찬받을 친구지만 어디서든 자신이 인정받을 수 있다고 어떤 일이든지 하는 건 아니라는 생각이 들었습니다. 적극적인 사회참여형의 초롱이가 6, 7년의 사회생활을 접고 문득 유학을 떠나는 데에도 의문이 들었습니다. 유학도 좋고, 낯선 곳에서의 새로운 시작도 환영하지만 그것이 회피가 되어서는 안 될 거 같다는 얘기를 전해주고 싶었습니다. 조직에서 쓰임을 다하고, 연애도 하고, 20대는 충분히 이것저것

해봐야하죠. 많이 부딪히고 깎이는, 세상과 접선하는 과정은 내가 진짜 누구인지, 나를 찾아가는 과정이니까요.

물론 '이런 저런 산전수전을 겪어보니 내가 제일 잘 할 수 있는 것은 공부다, 사회적 경험을 쌓아보니 지적 양식을 쌓고 싶어지더라' 등등의 이유로 유학이나 다른 길을 모색할 수도 있습니다. 아마 본인은 알고 있을 겁니다. 새로운 출발이 회피인지 아니면 도전인지. 부디 초롱이는 예전 나로부터의 도피가 아닌 언젠가는 거쳐야할 지점으로의 유학이길 바랍니다.

앞날에 대한 불명확함을 이유로 '계속 점을 찍고 다니면 그것이 언젠가는 선이 될 것이다'라는 믿음은 '복권을 계속 사면 언젠가는 당첨될 것이다'라고 믿는 것과 비슷하다고 봅니다. 20대는 다채로워도, 아니 다채로워야 건강하고 아름다운 거라고 생각합니다. 그 어느 때보다 회복탄력성도 좋은 시기라 많이 넘어져도 쉬이 일어날 수 있고, 남들의 비판에도 여러 핑계가 가능하고, 사고나 행동이 유연한 장점이 있는 나이 대죠. 넘어지고도 쉬이 일어날 수 있는 사람, 사람들의 평가를 수용할 수 있는 사람, 지행이 자유로운 사람은 생물학적 나이와 상관없이 여전히 젊은 사람이라고 할 수 있고요. 반면 경험을 쌓는다는 것은 넘어지지 않는 법을 배우는 것이 아니라 잘 넘어지는 법을 아는 것입니다. 고수의 낙상은 다시 정렬을 가다듬기 위한 낙상이어야 합니다. 넘어져야 자전거도 배울 수 있고, 악기를 배울 때도 잘못된 음을 내야 옳은 음을 낼 수 있는 것이죠. 엉덩방아를 찧었기 때문에 김연아 선수의 완벽한 트리플 점프도

가능했던 거처럼. 켜켜이 쌓인 넘어짐의 미학이 없다면 그 어떤 왕관도 없습니다. 하지만 모든 낙상이 미래의 성공을 담보하지 않습니다. 분명한 방향성이 있고, 넘어지더라도 그 길을 계속 가겠다는 의지가 있고, 넘어지는 것조차 달가울 때 우리는 그 길을 내 길로 만들 수 있는 것이겠죠.

유학을 앞둔 초롱이에게.

사람을 기분 좋게 만드는 초롱아. 불쌍한 이들을 그냥 지나치지 못하는 착한 마음씨와 세상에 대한 호기심 덕에 지금 방송을 시작해도 좋을 너. 특유의 성실함으로 어딜 가든 제 몫을 찾는 너의 앞길을 응원한다. 하나 해마다 나부끼는 너의 예쁜 꽃씨들이 너를 부유하게 하는 건 아닌지 모르겠다. 네 안의 꽃이 봉오리마다 차올랐구나. 이제는 피울 때. 넘어져도 흐트러져도 좋으니 방향성은 잃지 말자. 너의 삶이 어디로 흐르고 있는지 한 번씩 돌아보면 좋겠다.

"우선순위를 정하지 않고 인생을 관리하는 것은
총을 아무데나 쏘면서 맞히는 대로 표적이라 부르는 것과 같다."
_피터 툴라

We are the champions / Queen

고난과 역경을 딛고
승리자가 됐다는,
우리 모두가
승리자라고 외치는 노래입니다.

들을 때마다 힘을 주는 퀸의 명곡입니다. 퀸이 라이브 공연할 때마다 거의 엔딩에 부르기도 했던 곡인데요 엔딩에 참 어울리죠? 프레디 머큐리의 가사를 보면 끝날 때까지(죽을 때까지) 치열하게 살고 싶다는 열정이 엿보입니다. 그가 보여준 무대도 언제나 그랬죠. 치열하게 전력을 다해 노래하고 퍼포먼스를 펼쳐 보였던 그. 그리고 병에 걸린 이후에도 너무도 살고 싶었고, 노래를 부르고 싶었기에 마지막 힘이 다할 때까지 노래를 부르고 뮤직 비디오를 찍지 않았을까 싶습니다. 프레디 머큐리가 보여준 삶에 대한 치열함 그리고 음악에 대한 열정. 그 찬란한 행진곡을 함께 할 수 있다면, 우리도 언제나 승리자이지 않을까요.

열등감

여름이 꼬리를 내리자 추석이 고개를 내밉니다. 기차표 예매가 시작되고 연휴를 맞는 마음이 점점 뜬 구름처럼 흘러갑니다. 며칠 전 지인이 대봉을 보내주었습니다. 예쁘게 숙성시켜서 달큰하게 먹을 생각을 하니 기분이 좋아졌죠. 열 개 남짓한 그것들을 깨끗하게 씻기고 반질반질하게 닦아서 깨끗한 쟁반 위에 하나하나 담았습니다. 하루가 지나고 이틀이 지나고. 처음에는 윤기 나던 이것들이 어째 갈수록 몰골이 말이 아닙니다. 처음에는 기름기를 잃더니 다음에는 검버섯 같은 것이 피어오르고 그 다음에는 진물이 생기는데 냄새도 고약하고. 급히 핸드폰을 열어 검색하니 대봉으로 홍시를 만들 때는 처음에 씻지 말라고 합니다. 이런. 감을 씻게 되면 보호막도 함께 떨어져나가 숙성되는 과정에서 금방 상할 수 있다고요.

때를 밀어 피부를 부드럽게 하면 오히려 피부에 상처를 내는 거라는 어느 피부과 전문의의 말이 문득 떠올랐습니다. 제 두 눈에는 보이지도 않던 얇은 막. 심지어 그 막이 떨어져 나가니 그리 반질반질하고 예쁘더니만. 문득 열등감은 떫은 감이 아닐까 생각해 봅니다. 하고자하는 욕망이나 욕심은 큰데 내 기준에 내 능력이 따라주지 않을 때, 남들과 비교하면서 생기는 감정, 열등감. 감정 자체가 문제가 있는 것은 아니지요. 미숙한 그 감정을 어떻게 숙성시키느냐가 관건이겠죠. 떫은 감을 잘 숙성시키면 홍시가 되고 연시가 되고, 그렇지 못하면 썩고 맙니다. 감 표면의 미세한 막 같은 열등감. 그것이 없어져야, 없애야 내 인생이 더 윤이 나고 아름다워질 거 같지만, 실은 그렇지 않습니다. 그 열등감을 억지로 떼어내지 말고 지켜주어야 내가 잘 무르익을 수 있습니다. 열등감이 내 자존심을 지키며 앞으로 나아가게 하는 발전 동력인지도 모르겠습니다.

아직은 떫은 감일지 모르는 나의 열등감.

내가 인정하고 지켜주면 나를 더 달콤하고 탱탱하게 만들어 주겠죠.

Try everything / Shakira

비록 매번 실패하고 무너지더라도
포기하지 말고 다시 시작하라고,
매일 매일 실수하며 모든 걸
시도해보라고 힘을 주는 노래에요.

디즈니 애니메이션 주토피아(Zootopia)의 주제곡으로 큰 인기를 끈 곡이죠. 실수를, 실패를 거듭해도 괜찮으니 끊임없이 시도해보라는 긍정적 가사가 큰 힘을 줍니다. 이 곡을 부른 샤키라는 정말 다재다능한 가수입니다. 5개 국어에 능통하고 또 작곡에 배우에 모델 일까지 하고 있죠. 그녀의 재능이 부럽다고요?

그런데 그런 그녀도 미국에 진출해서야 영어를 배우기 시작했답니다. 첫 영어 인터뷰를 보면 긴장된 모습이 역력해요. 문장도 끊기고, 중간에는 아예 어떻게 말해야 할지 몰라 도움을 청하거나 답변을 포기하는 모습도 보이거든요. 그럼에도 자신의 음악관을 야무지게 대답하는 당찬 모습을 보여줍니다. 실패해도 실수를 해도 멈추지 않고 도전했기에 지금의 그녀가 있는 거겠죠?

잊을 수 있다는, 기적

라디오 뉴스를 하러 올라가던 길이었습니다. 뉴스부스 앞에 도착해보니 빈손입니다.

지난번에는 '해피송' 생방을 위해 올라가는데 원고를 책상에 두고 온 것이 생각나 다시 돌아갔습니다.

또 한 번은 '해피송' 생방시간이 다 되도록 사무실 제 자리에 앉아 있다가, 담당 PD의 전화를 받고 서둘러 생방 스튜디오로 올라간 적도 있고요. 회사에서 뿐만이 아닙니다. 집에서는 더 심합니다. 물건을 어디다 두었는지 모르기 일쑤고 약은 먹었는지 안 먹었는지 헷갈리고. 아이들이 알려주는 짝꿍이름, 심지어 담임선생님 이름도 밥 먹듯이 까먹고. 또 어떤 날은 마트에서 한참 장을 보고 계산하려니 지갑이 없다는. 지난 주 퇴근 무렵에는 바람이 매서운 겨울날이었는데 외투를 벗어놓은 채 유유히 회사 지하주차장으로 내려가 차를 타고 집으로 차머리를 돌렸습니다. 30분 거리의 구간 중 절반쯤 왔을 때, 주인의 부름을 받지 못한 외투가 홀로 회사를 지키고 있다는 사실을 인지했죠.

여기서 몇 가지 명사와 상황만 바꾸면 혹시 당신의 이야기이기도 할까요?

그러고 나서 저처럼 스스로를 못났다고 자책하고, 누가 알까봐 전전긍긍하고, 난 왜 이럴까 과대해석하며 마이너스 10점짜리 실수를 마이너스 200점짜리로 만들지는 않았나요? 저는 그랬습니다. 깜빡할 수도 있는 건데 '깜빡했다'는 사실만은 깜빡하지 않으며 스스로를 다그치고 또 실수하고.

여기 건망증을 취미로 갖고 있는 인류에게 위로를 건네는 유명한 과학자를 소개합니다. 아인슈타인. 그는 노벨물리학상 수상자기도 하지만 건망증도 아주 심했답니다. 언젠가 아인슈타인이 기차를 타고 가던 중 부산스럽게 호주머니를 뒤져 차표를 찾았지만 도저히 찾을 수 없었답니다. 이에 역무원이 설마 선생님 같은 분께서 차표를 사지 않았을 리 없다며 표를 찾지 않아도 된다고 말했지만 아인슈타인은 계속해서 주머니를 뒤졌죠. 그러고는 이렇게 말했답니다. "차표를 찾아야 내가 어디로 가는지 알 수 있소."《아주 특별한 독서》 231쪽, 박균호 지음

인간의 두뇌는 20분이 지나면 42퍼센트를 망각하고, 한 시간 후에는 56퍼센트, 하루가 지나면 74퍼센트를 잊어버린다고 합니다. 입력된 모든 정보를 저장하다보면 과부하가 걸릴 테니 중요하지 않다고 판단되는 정보는 그때그때 비워버려야 새로운 정보를 받아들일 수 있는 거겠죠. 그렇다면 필터링 되는 데이터와 그렇지 않은 데이터 사이에는 어떤 규칙이 있을까요. 보통 머릿속에 들어온 정보는 대개 2주 동안 '해마'라고 불리는 기억

임시보관소에 저장됩니다. 이때 여러 번 떠올렸거나, 감정변화가 동반된 기억들만 장기 기억 보관소인 측두엽으로 이동하고 나머지는 고의로 버려집니다. 그러니까 새로운 정보를 받아들일 공간을 확보하기 위해서라도 적당히 흘려보내고 잊어버려야 한다는 거죠. 아마 시간과 함께 자연스럽게 사라지는 정보는 그만큼 우리에게 정신적 외상을 주지 않아 사라지는 것인지도 모릅니다. 정신적 외상을 겪은 사람은 잊으려 해도 결코 잊을 수 없고 작은 자극에도 예민한 법이니까요.

학교 다닐 때는 외우면 까먹고 또 외우면 또 까먹는 뇌가 원통했지만, 시간이 지나고 보니 적당이 잊어주는 뇌가 그렇게 고마울 수 없습니다. 그만큼 무탈한 인생이 감사하고 상처받지 않는 뇌가 감사한 거죠. 건전한 망각은 우리 인생에서 꼭 필요한 것이니까요. 여러 관계에서 불거진 이별의 슬픔을 잊고, 끝나지 않을 거 같았던 가슴 속 통증을 다스리고, 못났던 혹은 잘났던 과거의 나에서 자유로워질 수 있는 비결은 망각입니다. 망각은 나를 옭아매던 사슬을 푸는 열쇠니까요. 못났던, 아니 못났다고 느꼈던 나에게서 벗어나 건강하게 나를 인정하는 것도 중요하지만, 한때의 영광으로 평생을 사는 것도 더 이상의 성장을 멈추게 하는 안타까운 일이죠. 망각은 나를 다시 태어나게 하는 생명수이기도 합니다.

I just called to say I love you / Stevie Wonder

그 어떤 특별한 날도 아니지만
진심으로 사랑한다고 말하기 위해
전화했다고 고백하는 달달한 곡이죠.

스티비 원더의 영원한 명곡 I just called to say I love you인데요. 스티비 원더만큼 파란만장한 삶을 산 뮤지션이 또 있을까요? 가난한 흑인 집안에서 태어나 출생 직후 인큐베이터에 들어갔지만, 산소 과다 공급으로 실명하게 됐죠. 사람들로부터 너는 어느 곳에서도 쓸모없다는 온갖 멸시를 수시로 받으며 자랐다고 하죠. 그는 그러한 멸시의 말들을 잊고 살았다고 해요. 또 자신이 앞을 볼 수 없다는 사실 또한 잊고 도리어 특별한 눈을 가졌을 뿐이라고 생각했답니다. 이러한 그의 특별한 망각이 그를 지금의 훌륭한 뮤지션의 자리로 올려놓지 않았을까 생각해 보게 됩니다. 열두 살의 나이로 최연소 빌보드 팝차트 1위를 기록하고 19개의 그래미, 오스카, 골든 글로브를 수상한 전무후무한 뮤지션으로 말이죠. 그뿐인가요. 그는 성공한 이후에는 자신의 성공을 잊은 채 인종 차별 등 사회적 문제에도 눈을 돌려 공인으로서의 책임도 다하고 있죠.

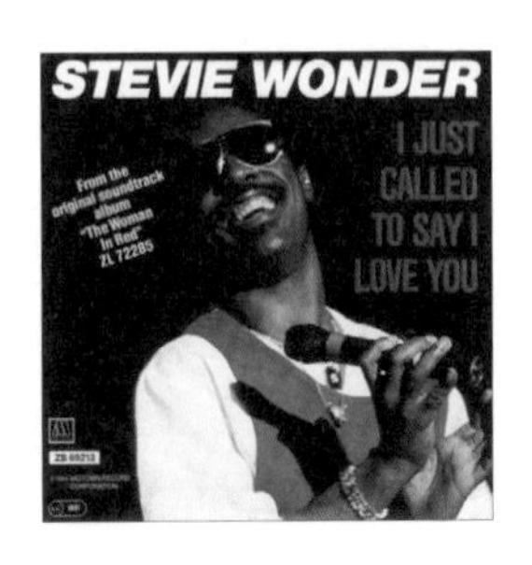

엄마

엄마를 잃어버렸습니다. 2004년 장마가 시작되던 때.
이제는 엄마 없이도 잘 살 수 있을 거 같던 스물다섯의 6월.
엄마의 위암발생 2년 9개월만의 일이었습니다.

엄마는 미련한 구석이 있는 여자였습니다. 손위, 손아래 시누가 있는 외아들에게 시집와 30년 동안이나 시어머니를 모시고 살았고, 그렇게 함께 살면서도 누구하나에게 좋은 소리를 못 들었죠. 나이 쉰이 넘도록 그 흔한 건강검진 한 번 받아보지 않았고, 큰 병은 특별한 사람에게만 찾아오거나 드라마에만 나오는 줄 알았습니다. 누군가 본인이 직접 담근 된장이나 고추장, 김장김치 맛을 칭찬하면 뼈가 부서지도록 일하고도 웃으며 다 퍼주는 사람이었습니다. 20년 넘은 냉장고를 바꿀 때 누가 가져갈지 모른다며 골동품이나 다름없는 냉장고를 이틀 동안 닦고 또 닦았습니다. 겉으로는 거칠고 모진 말도 서슴없이 하는 투박한 사람이었지만, 막말을 하고나면 곧 후회하는 배짱도 없는 사람이었습니다.

1998년 12월, 함께 살던 할머니가 돌아가시고, 결혼 25년 만에 처음으로 자유를 만끽합니다. 하지만 달콤한 자유는 길지 않았습니다. 할머니가 돌아가시고 3년이 채 안되었을 무렵, 엄마는 위암 3기라는 진단을 받습니다. 엄마를 포함해 가족들은 많이 놀랐고 두려웠죠. 지금 돌이켜보니 엄마의 병보다는 당시 각자가 얼마나 불행한지 서로 자기 슬픔을 표현하기에 급급했습니다. 처음 수술 후 2년 정도는 희망이 보였습니다. 그런데 어느 날부터인지, 엄마는 쉽게 피로감을 느끼며 갑자기 컨디션이 급격히 떨어졌습니다. 위암수술 2년차에 암세포가 복막으로 전이 되었다는 의사의 진단을 받았습니다. 그 후 1년이 지나지 않아 배에 물이 차올라 복수를 빼기 시작하고 그러기를 6개월. 2004년 6월 말, 며칠째 음식을 제대로 먹지 못한 상태에서 괜찮아 질 거라는 무의미한 딸의 말에 고개를 끄덕이다 더는 숨을 쉬지 않으셨습니다.

모든 생명체에게 어미의 말 만큼 설득력 있는 얘기가 있을까요. 대학교 3학년 때, TV 뉴스를 함께 보다 엄마는 무심결에 한마디를 내뱉었습니다.

"우리 지수도 저런 거 하면 잘 할 텐데..."

인간은 타자의 욕망을 욕망한다는 자크 라캉의 말처럼, 저는 '그래 해보자!' 생각했습니다. 엄마의 욕망에 제 욕망을 덮어씌웁니다. 그 날 엄마는 열등감과 무기력으로 고민하는 20대

청춘의 가슴에 불씨를 던졌습니다. 잘하는 것도 없고 앞으로의 인생이 막막했었는데 하고 싶은 것이 생겼습니다. 표류하던 작은 배가 닻을 걷어 올리고 돛을 올리는 순간이었죠.

"청춘은 퇴색되고 사랑은 시들고
우정의 나뭇잎은 떨어지기 쉽다.
그러나 어머니의 은근한 희망은
이 모든 것을 견디며 살아 나간다."
_올리버 홈스

한석봉의 어머니는 조선 제일의 명필가를 만들고, 율곡 이이의 어머니 신사임당은 아들의 천재성에 날개를 달아줍니다. 역사 속에만 등장하는 것이 아니죠. 뒤에서 묵묵히 이름을 감추고 사는 많은 어머니들은 오늘도 자식들의 등불이 되어 제 몸을 다 태워버립니다.

A song for mama / Boyz 2 Men

모든 것을 가르쳐주고
언제나 위로해주었던
마음 속 영원한 사람,
영원한 사랑은 어머니라고
절절하게 노래하는 곡입니다.

천상의 하모니로 90년대 R&B를 평정했던 보이즈 투 맨의 곡이죠. 제목 그대로 어머니를 향한 그리움, 어머니에 대한 찬가입니다. 이 곡에선 특히 애절한 그들의 목소리가 듣는 이들을 더욱 뭉클하게 만들어요.

오늘은 춘삼월인데 눈이 내리네요.
3월의 눈은 어머니 같은 눈.
어린뿌리의 속살이 되어주는 눈.
아이들을 웃기고 울리는 눈.
그러다 씻겨 내려가 흔적 없이 제 희생을 감춰버린다.

이제는 흙으로 돌아가신 어머니를 그리며 적어봅니다.
어머니는 모든 생명의 근원이자 성장의 바탕이죠.
이 곡을 이제는 다 타버린 세상 모든 어머니께
바치고 싶습니다.

넘치면 흘려보내야 한다

구름이 모여듭니다. 저마다의 외로움을 안고 모여듭니다.

태풍이 온다는 호들갑에 걸맞게 구름은 점점 더 밀도를 더합니다.

눈물을 떨어뜨리지 않고 꽁꽁 싸매 구름으로 안고 살아가다가는 안으로 안으로 곪고 맙니다. 무거워지면 비워내고 쏟아내야 앙금이든 상처든 남지 않죠. 눈물은 그래서 부끄러운 것이 아니라 제 주인을 한결 부드럽고 가볍게 만듭니다.

눈물은 순환을 통해 만들어집니다. 강물이 증발해 구름을 이루고, 구름이 모이고 모여 비를 내리죠. 사람에게는 한 번 두 번 세 번, 참기 힘든 경험이 모여 구름을 만들고 그것이 무거워지면 눈물로 쏟아냅니다. 그 눈물 중에는 다시는 모아두지 말아야할 경험들도 있지만 어떤 눈물은 발레리나 강수진 씨의 발과 같은 영광의 흔적이기도 합니다. 시인에게는 시가, 화가에게는 작품이, 농부에게는 열매가 그런 눈물이겠죠. 이는 정신분석이론에서 이야기 하는 본능적 충동들이 사회적으로 용인가능하게 바뀌는 방어기제, 승화라고 볼 수 있습니다.

여기 세상에서 가장 큰 이별을 한 사람이 있습니다. 참고 참다 노래로 토해낸 한 아버지가 있습니다. 1991년 3월20일, 뉴욕의 53층 고층아파트에서 에릭 클랩턴의 아들 코너 클랩턴이 추락사했습니다. 코너는 함께 동물원에 가자던 아빠를 기다리던 중이었습니다. 코너가 태어났을 때 에릭 클랩턴은 자발적으로 알코올 치료소에 들어갔습니다. 수차례 약물과 알코올 중독으로 죽음의 문턱을 넘나들던 그는 아들에게 떳떳한 아빠가 되고 싶었던 것입니다.

Would you know my name,

If I saw you in heaven?

(만약 천국에서 나를 본다면, 나를 기억해줄래?)

이렇게 탄생한 노래에는 아들을 먼저 보낸 아버지의 절절한 슬픔과 천국에서 아들을 만났을 때 부끄럽지 않은 아버지로 살겠다는 다짐이 담겼습니다.

Tears in heaven / Eric Clapton

삶의 고통 너머 천국에는
더 이상의 눈물도 슬픔도 없을 것이라고
사랑하는 사람(아들)이
그 곳에서 편히 지내길 바라는
마음을 노래한 곡이죠.

현실의 삶에서 맺힌 에릭 클랩턴의 눈물은 더 뜨겁게 다가옵니다. 때로 다치고 넘어지고 계속 덧나는 상처 때문에 고름이 생기고 눈물도 진물도 흐릅니다. 슬픔도 그렇게 흐르게 내버려둬 봐요. 가두지 말고 숨기지 말고 새어나오면 새어나오는 대로. 노래가 선율을 타고 흐르듯이, 강물이 바다로 흘러가듯이. 그렇게 슬픔도 흐르다보면 언젠가는 바닷가 모래알처럼 작디작게 변해있겠죠.

눈물로 제 몸을 소진해 본 사람은 압니다.

위에서 아래로, 감정이 증폭된 곳에서 그렇지 않은 곳으로 흐르는 눈물은 새로운 평화를 가져온다는 것을. 눈물을 쏟고 난 다음 통통 부은 눈 위로 얼마나 커다란 평화가 찾아오는지를.

나의 이야기

요즘은 딱히 입사 철이라는 게 없는 듯합니다. 일 년 사철 내내 취업을 준비한다는 사연이 빠지지 않는 걸 보면.

겨울이 지나고 봄이 오고, 계절은 제 가야할 길을 소리 내지 않고 가고 있던 어느 날.

대학교 3학년 겨울방학이었어요. S방송사에서 기상캐스터를 공개모집했습니다. 학력제한이 없어 당시 학생 신분이었지만 경험삼아 원서를 냈습니다. 어찌어찌하여 최종면접까지 가게 되었고, 방송을 전혀 모르던 제가 최종까지 갔다는 게 그저 신기했습니다. 기왕 이렇게 된 거 끝까지 해보자는 생각이 들었습니다. 최종면접은 날씨원고를 외우고 최고위층 간부들 앞에서 진짜 기상캐스터처럼 방송을 시현하는 것이었습니다. 저보다 앞서 면접을 본 친구들의 대화를 슬쩍 들어보니, 날씨 원고 외우기 힘들다, 외우다 망했다는 얘기였죠. 당시(이제는 아니라는 슬픈 현실) 암기에는 살짝 자신이 있었습니다. 저는 일단

'면접용 날씨원고를 빈틈없이 암기하자' 라는 생각으로 원고의 모든 문장을 달달 외웠습니다. 짧은 시간 안에 어느 정도 외운 듯 하니 금방 제 차례가 되었고, 면접관들에게 남들과는 다르다는 저만의 시그널을 어필하였습니다. 저만의 시그널이라고 해서 그리 대단한 시그널은 아니었고 그저 자신감 있는 척 하는 자세정도. 암튼 그날의 느낌은 좋았습니다.

'초심자의 행운'이라고 하나요? 유난히 그 날은 제가 생각해도 원고를 잘 숙지했고, 면접관들의 시선도 따뜻하게 느껴지더니, 최종 합격 인원도 저를 포함해 3명이나 되어 저는 학생 방송인이 될 수 있었습니다.

하지만 얼떨결에 방송인의 대열에 낀 저는 스스로를 과대평가하기 시작했습니다. 2003년 12월 한 달 동안의 교육 후, 2004년 1월 드디어 텔레비전 생방송에 얼굴을 드러냈습니다. 뉴스 후 앵커가 "날씨를 전해드리겠습니다" 하면 카메라가 넘어와 저를 비추고 뜨거운 조명 아래 전국의 시청자들에게 그날의 날씨를 전했습니다. 2004년은 그렇게 돈도 벌며 학교도 다니고, 뭐 하나 제대로 한 것은 없었지만 어디 가서 어떻게 지내는지 말하기는 좋은 해였습니다. 당시 뉴스에 한 번 연결될 때 마다 8만원을 받았는데 저는 오전에 한 번, 낮에 또 한 번, 월요일부터 금요일까지 하루 2번씩 일을 했죠. 그 덕에 사회초년생으로는 근로시간대비 꽤 괜찮은 수입을 갖게 되었고 스스로 자만하고 오만하게 된 계기가 되었죠.

10달 동안의 기상캐스터 생활은 쏠쏠한 재미가 있었지만, 한편 거의 일 년을 지내고 나니 매년 크게 달라지지 않는 날씨만을 계속 전한다고 생각하니 지루하겠다는 생각도 들었습니다. 그리고 무엇보다 저의 본래 목표는 아나운서였기 때문에 아나운서 시험에 계속 도전했습니다. 2004년 후반기, CBS를 제외하고는 모두 낙방하였습니다. 그래도 괜찮았어요. '난 S사 기상캐스터였고, 이제 CBS 아나운서다, 다음은 여의도 진입이다. 그리고 우아하고 당당하게. 나는 충분히 가능성이 있고말고!'

그때는 참 스스로에게 위로도 잘했던, 실은 뭐를 잘 몰랐던 교만한 시기였습니다. 세상의 기준을 눈썹 위에 두었습니다. TV를 기반으로 한 큰 방송사에 있다 라디오가 중심인 곳으로 오게 되니 모든 게 성에 차지 않았습니다. 게다가 저는 종잇장처럼 얇은 믿음이긴 하지만 가톨릭신자인데 회사는 기독교 중심의 방송국이라 낯설었습니다. 제 기대에 미치지 못하는, 낯선 이곳을 하루빨리 벗어나고 싶었습니다. 그리고 무엇보다 늘 뉴스 지적을 받는 것도 힘들었습니다. '발음이 제대로 되는 게 하나도 없다, 비음이 너무 심하다, 뉴스의 끊어 읽기가 엉망이라 내용 전달이 전혀 안 된다, 책도 안 읽어봤냐. 포즈(pause) 운영이 형편없다.' 등등 매일매일 선배들로부터 때로는 앙칼진, 때로는 미안할 정도로 자상한 지적을 받았습니다. CBS 창사 이래 저처럼 하자 많은 아나운서가 입사한 적이 없었을 겁니다. 하지만 쉽게 고쳐지지는 않았죠.

그러다 기회가 옵니다. 모 선배가 개인적인 사정으로 잘 나가는 라디오 가요프로그램을 갑자기 그만두면서. 봄날 금요일 퇴근 무렵, 저는 어느 부장님께 잡혀 녹음실로 끌려갑니다. 그리고 짧은 음악방송 오프닝을 녹음하고 국장님은 '됐다, 그만' 하고 나가셨습니다. 딱히 선배의 구멍을 메울 사람이 없던 터라 저는 갑자기 낮 12시 가요프로그램 디제이가 됩니다.

덜덜 떨며 방송한지가 몇 달째.

초짜가 생방에서 해볼 만한 실수도 제법 해보고 난 어느 날, 문득 라디오 방송이 재미있다는 생각이 들었습니다. 음악을 듣고 사람들의 이야기에 공감하고, 함께 웃고 얘기하고 또 음악 듣고. '이렇게 놀면서 돈 벌어도 되는 거야' 하는 생각이 들었습니다. 그 이후로 한 프로그램과 'happily ever after' 같은 동화 같은 일은 일어나지 않았습니다. 약 3년 간 그 프로그램을 진행하고 저는 내려옵니다. 이유는 여러 가지가 있었죠. 든든한 빽이 있는 것도 아닌데다 인간관계나 사회생활은 서툴고. 결혼, 출산, 육아로 이어지는 개인적인 신상의 변화 등등. 이러 저러한 일들을 겪고 나니 어느새 나이는 30대 중반을 넘고 불혹에 가까워져 있었습니다. 그리고 다시는 기회가 오지 않을 거 같은 제 인생에 또 한 번의 기회가 옵니다. <해피송>이라는 낮 12시 팝송프로그램을 진행하게 됩니다. 자타공인 CBS 4번 타자 피디와.

아직은 갈 길이 멉니다. 그래서 즐겁습니다. 나를 발굴하고 발전시켜야하는 작업을 계속 요구하는 이 일이 이제는 감사하고 재미있습니다. 불안할 때도 있지만 두렵지는 않습니다. 꾸준히 이 길을 걷고 싶습니다. '하늘은 스스로 돕는 자를 돕는다.' 고 했나요? 20대 초반부터 가슴 터지게 꿈꾸었던 각잡힌 뉴스 앵커는 결코 이룰 수 없겠지만 그렇다고 불행하지 않고 아쉬움도 없습니다. 제가 할 수 있을 만큼 도전해봤고 바닥도 찍었으니까요. 그리고 현재 일에 대한 보람이 과거의 꿈을 아름다웠던 추억으로 간직하게 하니까요. 유명치 않은 라디오 디제이로서의 보람이, 유명 뉴스 앵커의 보람보다 결코 작지 않으니까.

2018년 12월 31일 월요일.
쌍용차 해고자 119명 가운데 71명이 10년 만에 처음으로 출근했습니다.

희망의 증거들은 곳곳에 있어요.
지금이 아니어도 어딘가 언젠가 나를 기다리는 나의 자리가 있습니다. 그것을 믿고 불안한 나를 안아주세요.

Listen / Beyonce

이제는 타인의 지시를 따르는 게 아니라
나의 내면의 소리를 따라
스스로 꿈을 이룰 거라고
당당히 외치는 멋진 곡입니다.

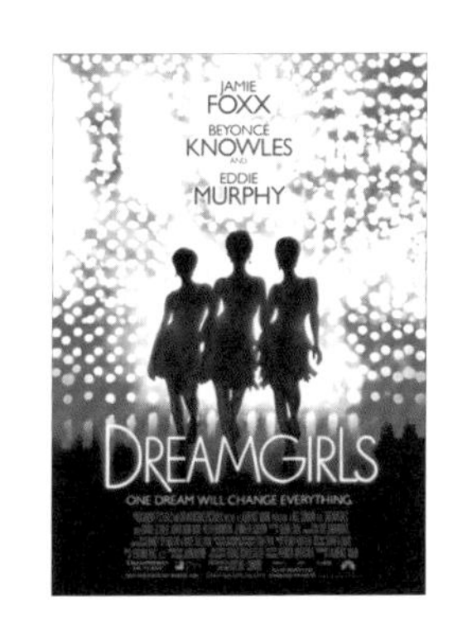

다이애나 로스가 속했던 명그룹 슈프림스의 일대기를 다뤘던 뮤지컬 영화, 드림 걸스의 주제곡이죠. 영화에서 주인공을 맡은 비욘세가 직접 노래까지 불렀습니다. 누구의 꼭두각시로서가 아니라 자신의 힘으로 자신만의 꿈을 이루겠다는 의지가 가사를 통해, 그리고 그녀의 파워풀한 가창력을 통해 고스란히 전달되는 노래죠. 비욘세는 자신의 가창력으로 발라드 가수로도 성공하고 싶었는데 소속사에선 힙합 댄스 장르를 많이 부르게 했다고 합니다. 그래서일까요? 비욘세가 이 곡을 직접 작곡까지 했는데요. 가사처럼 스스로의 힘으로 꿈까지 이루게 된 셈이죠.

망설여도 괜찮아; 시간의 사치를 부려보자

성격이 급하면서도 소심한 저는 작은 결정에도 망설이는 경우가 종종 있습니다.

그 중 가장 어려운 것 중에 하나가 점심메뉴를 정하는 것. 짬뽕을 먹을까, 순두부를 먹을까. 이걸 먹어도 저걸 먹어도 큰 차이가 없는 두 개의 비교대상 사이에서 이러지도 저러지도 못하다가 결국 점심파트너에게 선택권을 넘겨 버립니다. 차라리 아이들처럼 식판을 들고 다니며 매일 정해주는 대로 먹으면 얼마나 편할까 생각하면서요.

세계 최고 갑부이자 투자자 워렌 버핏은 "시간을 아끼는 사람이 최고 부자"라고 말했습니다. 그리고 애플의 스티브 잡스는 "당신이 가진 유일한 자산은 시간이다"라는 말을 남겼습니다. 워렌 버핏, 스티브 잡스 같은 사람들이 시간의 중요성을 이리 강조하는데 '감히 시간을 낭비해?'라는 생각이 듭니다. 맞습니다. 시간을 낭비 혹은 고장 난 수도꼭지처럼 흘려보내기에 우리는 너무나 아까운 유한한 삶을 살고 있습니다. 하지만 유한한 삶이라 시간이 중요한 거처럼, 유한하기 때문에 그 안에서 가끔 사치를 부릴 필요도 있는 거겠죠. 인생의 가치를 종착역에만 두고 산다면 삶의 의욕이 없어질 겁니다. 끝이 있는 삶이기에 부지런도 떨어야하고, 반대로 그 안에서 흐름을 역행하는, 독이지만 약이 되는 묘미도 필요합니다. 그런 의미에서 일보전진을 위한 일보후퇴 전략인 시간의 사치를 부리는 것도 삶을 윤기 나게 하는 비법 아닐까요? 사람은 기계가 아니니까. 매일 같은 밥을 먹더라도 어느 특별한 날에는 칼질을 하고 싶은 거처럼, 때로는 하지 말아야할 것을 해보자는 욕구가 확실한 동기부여가 됩니다. 그리고 이것은 명품 혹은 사치품이 여전히, 그리고 앞으로도 사람들의 목표가 되고 전리품이 되는 이유일 겁니다.

스위스의 유명 시계 브랜드 대표가 이런 말을 했습니다. 자신의 회사가 존재하는 이유는 '시계가 쓸모가 없어서'라고요. 시계는, 더군다나 고가의 시계는 필수재가 아니기 때문에 그 물건을 살 수 있는 소수의 사람들만 삽니다. 최고의 경제력을 가진 사람들은 어느 시대나 있기 마련이며 명품은 그들을 위해 존재한다는 것이죠. 그래서 박수 받을 일은 아닐지라도 성공한 사람들은 으레 고가의 물건으로 자신의 이력을 과시하기 마련입니다. 사람이 밥만 먹으며 살 수 없고 세상에 필수재만 있는 것이 아닌 거처럼, 우리 삶도 늘 합당하고 응당하게 돌아가지 않습니다. 그럴 필요도 없고요.

이름도 특이한 대회가 있습니다. '멍 때리기 대회'

이 대회는 우리 뇌에 휴식을 주기 위해 만들어졌습니다. 모범생들에게는 다소 불편할 수 있는 대회지만 느슨함을 죄악시하는 현대인에게는 꼭 필요한 시간이 멍 때리는 시간일 겁니다. 나무도 무성하게 자라려면 나무 사이에 간격이 필요합니다. 사람사이에도 부딪히지 않을 거리가 필요합니다. 스스로와의 관계에서도, 일상 사이사이에 바람이 드나들, 숨 쉴 자리가 있어야 삶이 더 튼튼히 피어오르며 고장 나지 않고 잘 굴러가겠죠.

The show / Lenka

어디로 가야할지
모르는 인생 속에서
잠시 멈추고 모든 걸 내버려
둬 보겠다는 내용의 노래죠.

호주의 싱어 송 라이터 렌카의 데뷔 앨범 수록곡입니다. 광고 CF 음악으로도 또 영화나 드라마에서 수 없이 흘러나온 곡이기도 한데요. 그만큼 남녀노소 누구에게나 친근감 있게 다가갔던 노래입니다. 목소리나 멜로디는 설탕 폭탄이 떨어지듯 달콤하지만 가사에는 인생의 깊이가 묻어납니다. 그 차이가 그녀의 매력이기도 하고요.

있는 그대로

새벽에 일찍 잠에서 깨어 뒤척였습니다. 한 달에 몇 번은 이런 일이 종종 있습니다. 특히 호르몬의 힘은 생각보다 강력해서 기분도 바람 빠진 풍선처럼 푹 가라앉고, 얼굴에 뾰루지도 솟아오르고, 수면의 질서도 달라집니다. 호르몬의 힘은 정말 무서울 정도로 정확하죠. 여자들이면 공감하실 겁니다. 밤새 뒤척인 날은 어김없이 몸 안에 어떤 호르몬은 상승하고 또 어떤 호르몬은 하강할 때입니다. 얼굴의 윤기는 점점 사그라지고 감수성은 차분해지고. 요 며칠도 그런 날들이었습니다. 하루는 새벽 4시, 하루는 새벽 3시, 또 하루는 새벽 5시쯤 각각 눈을 뜨며 이 생각 저 생각에 빠졌습니다. 이런 날에는 불가항력적으로 새벽이면 눈이 떠지죠.

불가항력으로 속앓이를 하는 사람이 또 있습니다. 애니메이션 '겨울왕국'에 등장하는 엘사. 그녀는 태생적으로 눈보라를 일으킬 수 있는 마법을 갖고 있습니다. 그러나 부모님은 그녀의 신비한 힘을 두려워하며 그녀에게 남들과 다른 능력을 숨기도록 훈육합니다. 비운의 사고로 부모를 잃고 이제 맏딸인 엘사가 왕위를 이어받아야 합니다. 하지만 왕위 계승식날 뜻하지 않게 엘사에게 마법의 힘이 있다는 걸 사람들은 알게 되고 그녀를 마녀라며 몰아냅니다. 본인 때문에 얼음산으로 숨어버린 언니 엘사를 찾고 사과하기 위해 철부지였던 동생 안나는 얼음산으로 향하고...

그 어떤 스펙터클한 영화 못지않은 위기의 순간과 액션이 가미된 애니메이션, 겨울왕국.

딸아이가 4살 때부터 몇 백번을 더 본 만화지만 그 안의 숨은 이야기는 엄마로서의 역할, 그리고 제 자신에게 여러 메시지를 전해주었습니다. 남들과 많이 다르게 태어난 엘사를 향해 그녀의 부모는 그녀의 능력과 사람들의 시선을 두려워하며 남들과 다른 능력을 철저히 숨기게끔 합니다. 항상 장갑을 껴 쓸데없이 힘이 발휘되지 않도록. 하지만 끝까지 완벽할 수 없었던 현실 때문에 엘사는 준비되지 않은 상황에서 자신의 힘을 사람들에게 드러내게 되고, 익숙지 않은 상황에 맞닥뜨린 사람들은 그녀의 '다름'을 부인하며 거부합니다. 사회에서 인정받지 못한 엘사는 도피를 선택하고 스스로를 은폐시킵니다.

우리 주위에도 비슷한 상황이 크고 작게 벌어지죠. 사회적 승인이 어려운 상황이나 조건을 숨기려 하고, 남들과 다른 모습을 부끄러워하고, 나만의 고유성 혹은 차이를 부정적으로 인식합니다. 만약 엘사의 부모가 그녀의 다름을 처음부터 숨기게 하지 않았으면 어땠을까요. 남들과 좀 다르다고 잘못된 것은 아니라고 인정해주었더라면. 다름을 용인가능하게 조절하는 법을 알려주었더라면. 세상의 시선을 미리 회피한 엘사는 뒤늦게 큰일을 치른 후에야 공동체에서 자유롭게 살아갈 수 있게 됩니다.

있는 그대로의 모습을 인정하고 죄다 드러내기는 참 어려운 문제입니다. 살짝 접히는 뱃살, 고르지 못한 치열 뿐 아니라 학력이나 출신지역, 정치 성향 공개도 종종 꺼려지는 일이니까요. 나의 모든 것을 낱낱이 공개할 필요는 당연히 없겠지만 언젠가는 들통 날 수밖에 없을 것, 미리 말을 해야 내 속이 편한 것은 조금씩 조금씩 빗방울이 흐르듯 흘려주는 것이 좋겠죠. 작은 충격을 여러 번 받으면 맷집이라도 생기지만 큰 충격을 한 번 받으면 영원히 못 일어날 수도 있으니까요. 가능한 한 감추고 싶지만 평생 감추기는 어려울 거 같은 문제는 내 삶과 타인의 삶에 서서히 스밀 수 있게 고삐를 풀어놔 봐요. 알고 보면 타인이나 사회에서는 별 관심 없는, 쓸데없는 고민으로 혼자 끙끙거리고 있었을지도 몰라요.

Just the way you are / Billy Joel

누군가를 기쁘게 해주려고
인위적이 될 필요가 없으며
좋은 때나 어려운 때나
지금 그대로의 당신의 모습이 좋다는 내용의 곡입니다.

Piano man과 함께 빌리 조엘의 대표 히트곡 중 하나죠. 그래미상 '올해의 노래'를 수상한 곡이기도 합니다. 연인을 향한 전형적인 사랑 노래 같죠? 그런데 이 노래에는 반전이 숨어 있어요. 빌리 조엘이 어릴 적 어머니에게 받은 사랑의 내용을 담은 곡이라고 해요. 빌리 조엘은 어릴 때부터 작은 키로 열등감이 심했었는데 그의 어머니가 그런 그에게 가사처럼 희망과 용기를 불어 넣어줬다고 합니다. 그러고 보니 가사가 마치 어머니가 빌리 조엘에게 해주는 말처럼 들리죠.

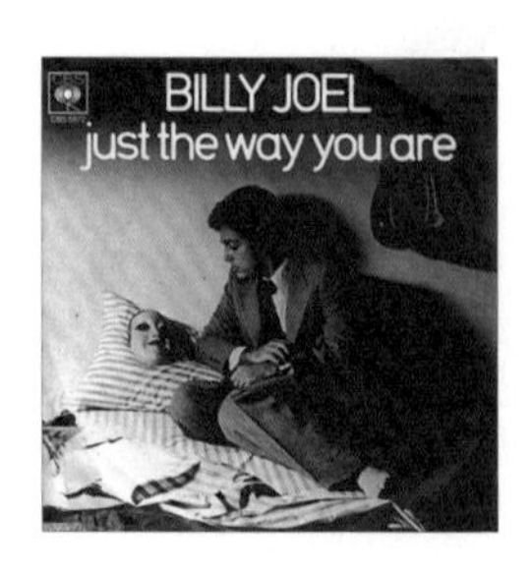

인생은 항해

오전 뉴스를 마치고 은행에 내려갔습니다. 월말이라 사람이 제법 많습니다. 대기자는 제 앞으로 14명. 망설이다 잡지를 하나 집어 들고 비어있는 공간에 몸을 접어 앉습니다. 옆 자리의 아주머니가 자리를 더 내어주십니다. 쑥스러운 고갯짓을 하고 좀 더 걸터 앉아봅니다. 아주머니의 손에는 오래 묵은 통장이 서너 개 걸려 있고, 차례를 알리는 꼬깃꼬깃한 종이 한 장도 함께 팔랑입니다. 통장과 작은 종이가 걸쳐진 손가락 사이사이에 열심히 살아온 흔적이 묻어나옵니다. 때로는 얼굴이나 말투, 옷차림 보다 쉽게 눈에 띄지 않는 것이 더 많은 것을 이야기 합니다. 곱게 번들한 아주머니의 얼굴보다 주름진 손이 세월의 무게를 알려주더라고요. 얼마 전 애청자가 주신 사연입니다.

"지수님, 1년을 또 열심히 살았다 싶은데
마지막 한 장 남은 달력을 보면서 늘 왜 난 제자리일까 싶어요.
갚는다 해도 늘 카드 값이 그렇고

불편한 친구관계도 개선되지 않고
언제나 힘드네요." _010 **** 1995

한 해를 보냈다는 것은 지구가 태양 주변을 딱 한 바퀴 돌았다는 뜻이지요. 365일 각기 다른 자리에서 부지런히 살고 비로소 자기 자리로 돌아온 날, 우리는 그날을 환영하고 기억하며 삼삼오오 모여 회포를 풀기도 합니다. 한 해를 잘 넘겼다는 모임의 의미는 그만큼 365일을 단순하게 살기가 어렵다는 증거 아닐까요. 일일이 사람들에게 설명하고 넋두리 할 수는 없지만 삼백예순다섯 날 동안 때때로 자신의 자리를 지키지 못할 이유도 충분히 있습니다. 하지만 원운동을 하는 진자처럼 바깥으로 빠지려다가도 다시 제자리를 찾는 우리는 이탈과 일탈의 순간에서 마음 속 원심력을 부여잡으며 한 해를 살아냅니다. 제자리를 지킨다는 거, 그것만으로도 충분합니다. 매일의 삶을 지켜낸다는 것은 개미가 태산을 짓는 숭고함이 있으니까요.

이른 아침, 일의 시작을 난초에 물을 주는 것으로 시작하는 선배가 계십니다. 외투도 벗기 전에 어떤 화분에는 종이컵으로, 또 다른 화분에는 분무기로, 어떤 화분에게는 바가지로 생명수를 부어 주십니다. 자타 '난초장인'인 그의 손길이 닿으면 저승길을 가던 풀 한 포기도 다시 살아보겠다는 마법을 부립니다. 호젓한 오후의 어느 날, 그와 둘이 있었습니다. 그에게 생명을 키워내는 묘수에 대해 물었습니다. 평소 목소리 듣기 힘든, 과묵한 그의 대답은 역시 싱거웠죠. "잘 살펴서 필요한 만큼 빛 주고 물주면 되지 머."

하루의 출발인지 종점인지 모를 이른 세시에 일어나, 새벽 4시 40분에 정확히 첫 차를 움직이는 이의 수고로 고슬고슬한 밥이 지어지고, 해장국이 보글보글 피어나고, 하루를 마감하는 이의 속이 채워지고, 뜬 새벽일을 시작합니다. 그렇게 우리는 서로 이름도 무엇도 모른 채 한 사람의 노동과 노동이 만나 또 하루를 살아갑니다. 밥을 먹고 편의점에서 음료수를 사 마시고 휴대폰으로 기사도 검색하고 웹툰도 보고 인터넷으로 물건을 주문하고. 나의 그리고 너의 수고 없이는 불가능한 일입니다. 직업상 매일 뉴스를 접하고 전달하다보면, 크고 작은 뉴스의 대부분이 자신이 지켜야할 자리를 제대로 지켜내지 못해 사고가 났다는 이야기입니다. 너무나 상식적이지만 형식적으로도 지켜지지 않아 일어나는 재앙이나 사고들은 평범한 일상을 주워 담을 수 없게 바스러뜨리죠.

같은 자리에서 방황하는 1995님께.

제자리에 있다는 건 좌표의 이동이 없는, 무탈한 기적이란 뜻이겠죠. 하지만 이는 완전정지가 아닙니다. 단지 에너지의 흐름이 눈에 보이지 않을 뿐이죠. 브라질에 있는 나비의 날갯짓이 뉴욕에 바람을 불게 하는 거처럼 1995님의 자리지킴 덕에 누군가는 태풍 같은 날도, 비상벨이 계속 울려대는 날도 잘 마무리 할 수 있었겠죠. 정해진 시간동안 제자리를 지켰다는 건 축구에서 골키퍼가 모든 골을 막아냈다는 것과 같습니다.

수고 많으셨습니다.

Angel / Sarah Mclachlan

서로를 이용하고 또 서로가 서로의 성과를
가로채려는 사람들로 가득한
삶의 폭풍 안에 있을지라도,
힘들고 고된 삶에서 잠시나마 벗어나
천사의 품안에서 쉬기를 바란다는
따뜻한 위로의 곡입니다.

캐나다의 싱어송 라이터, 사라 맥라클란이 1997년에 발표한 곡인데요. 비평적, 상업적으로 모두 큰 성공을 거둔 노래기도 합니다. 몽환적인 멜로디, 따스한 보컬과 노랫말이 어우러져 지금도 여전히 최고의 힐링곡으로 손꼽히고 있는 명곡입니다.

중간에 그만둬도 괜찮아

#열살 #아이돌 #라면 #책

저희 집 군기반장 딸내미의 관심사입니다. 요즘 딸이 푹 빠진 책은 진 웹스터의 '키다리 아저씨' 저도 어릴 적에 이런 종류의 책을 엄청 좋아했던 기억이 납니다.

잠깐 딸 얘기 좀 해볼까요. 유은이는 두 살 어린 남동생이 있는 누나에요. 책을 좋아하고 나가서 노는 거는 더 좋아하고요. 학교에서는 소녀장사로 통하지만 잘 때 엄마가 옆에 없거나, 날이 어둑어둑 해졌는데도 엄마가 집에 없으면 불안해하는 3학년 소녀입니다. 수학을 벌레만큼 싫어하고, 라면이나 떡볶이를 먹으면 위안을 얻고, 트와이스의 모모와 사나를 가장 좋아합니다.

어느 날, 책을 보는 딸의 표정이 어둡습니다. 이유는 책이 재미가 없다는 겁니다. 저는 곧 그만 보고 다른 책을 보자고 했지만, 아이는 보던 책을 내려놓고 새 책을 집어 드는 일을 낯설어하며 알 수 없는 죄책감에 빠지는지 주저합니다. 열 살, 마침표의 중요성만을 배운 건지, 중간에 그만두는 일을 어색해하며 아이는 읽던 책을 마무리하지 못한 게 어째 불편한 모양입니다.

아이들만의 문제는 아니죠. 성실한 어른들도 하던 일을 끝마치지 못하고 자리를 떠야한다면 불편하기는 마찬가지일 겁니다. 하지만 모든 책을, 모든 일을, 모든 만남을 끝까지 책임져야 한다면 우리는 부담감으로 그 어떤 것도 쉽게 시작하지 못할 겁니다. 요즘 악기를 배우는 고통을 알아가는 유은이에게 다시 이야기해 주었습니다. 세상 모든 음악이 좋을 수 없는 거처럼, 세상 모든 책이 너에게 기쁨을 줄 수 없는 거라고. 듣고 또 듣다가 내키지 않는 음악은 재생을 멈추는 거처럼 흥미가 떨어지는 책은 덮어버리면 된다고 얘기해주었습니다.

소속 집단에서의 책임감을 강조하는 유교의 전통을 떼어내지 못하는 우리는 '그만 본다, 그만 둔다' 같은 중간에 멈추는 것을 힘들어 합니다. 자전거를 탈 때는 본능적으로 브레이크를 잡을 때를 분명히 알지만, 가치 판단이 명확치 않은 일상에서는 '멈춤'이 부담스럽습니다. 사실 어른에게나 아이에게나 책임감은 좋은 습성이죠. 책임감이 강한 사람들 덕분에 많은 사고가 예방될 수 있었고, 나의 일상이 순조롭게 유지되는 것이니까요. 어쩌면 재미가 없어도 끝까지 보게 하는, 끝까지 일을 하게 하는 지도가 도덕적으로 더 적합할지도 모르겠습니다. 하지만 싫어도 대의를 위해 참아야 한다면, 책임감은 키워지겠지만 책 자체를 계속 좋아하기는 어려울 겁니다. 그리고 무엇보다 다른 일, 새로운 일을 시작할 때 끝까지 마쳐야한다는 부담감으로 도전이라는 것을 어렵고 부담스러운 대상으로 생각하지 않을까요.

멈춤은 마침표가 아니라 이음표라고 생각합니다. 징검다리를 건너다 간격이 많이 벌어진 돌 앞에서 한 숨 돌리고 도약을 하는 거처럼, 멈춤은 나의 에너지를 '0' 으로 떨어뜨리는 일이 아니라 에너지의 호흡을 잡고 에너지의 물줄기를 바꾸는 일입니다. 이는 한 세계를 끝내는 것이 아니라 잡초를 골라내는 농부처럼 나에게 맞지 않는 것들을 가려내는 작업일 겁니다.

Why worry / Dire Straits

고통 뒤엔 웃음이,
비온 뒤엔 해가 비치는 것이
인생의 법칙이니
걱정할 필요가 없다고
말하는 곡입니다.

가장 위대한 기타리스트 목록에 늘 포함되는 마크 노플러의 감성이 짙게 배어있는 곡이죠. 이 곡은 마크 노플러가 이끄는 그룹 다이어 스트레이츠가 1985년에 발표한 앨범 <Brothers in arms>의 수록곡인데요. 앨범 자체가 미국과 영국을 비롯해 전 유럽에서 히트를 기록했어요. 이듬해엔 그래미에서 '올해의 음반상'까지 받았습니다. 그런데 아쉽게도 앨범 성적과는 달리 이 곡은 해외 어떤 차트에서도 진입한 적이 없습니다. 그렇지만 알음알음 입소문만으로 인기를 얻기 시작했고 팬층을 키워갔죠. 힘이 들 때 위로와 위안이 되는 기타 음율과 가사 덕분에 가능한 이야기일 겁니다.

지는 게 이기는 법

"나는 사랑이 머리에서 가슴까지
내려오는데 칠십년이 흘렀다."
_김수환 추기경 잠언집 《바보가 바보들에게》 중

아들이 아닌 딸, 그것도 셋째, 이것이 어렸을 때 저의 숙명이었습니다. 남아선호사상이 완전히 뿌리 뽑히지 못하던 시절, 또 딸이라 아버지가 달가워하지 않으셨던 기억도 선명하고 그런 저를 안쓰럽게 생각해서 언니들보다 더 싸고돌던 엄마의 모습도 또렷이 남아있습니다. 똑 부러지고 매사 치밀한 성격의 할머니나 아버지에 비해서 엄마는 푸근하고 정이 많고 유한 성격의 사람이었죠. 하지만 시어머니를 모시고 살다보니 스트레스가 심했고 그 스트레스를 효과적으로 풀 수 있는 환경이 아니었습니다. 그래서 엄마가 극심한 스트레스에 시달리는데 눈치 없이 대들기까지 했다 하면 엄청 맞았던 기억이 납니다. 그 때는 남들도 다 그렇게 사는 줄 알았습니다.

엄마가 하던 말씀 중에 듣기 싫은 게 있었습니다. 지는 게 이기는 거라고. 이기려고 아등바등 하지 말아라, 시간이 흐르고 보면 지는 게 이기는 거다. 어렸을 때는 지기 싫어하는 제게 유독 엄마가 그런 말씀을 많이 하셨습니다. 저는 혼나도 잘못했다고 싹싹 비는 스타일이 아니었습니다. 오히려 바득바득 대들고 제가 생각해서 아닌 일에는 굽히기 싫어하는 성격이었죠. 10대, 사춘기와 더불어 쌓일 대로 쌓인 반항기와 더불어 크고 작은 일로 엄마한테 대들다가 맞기도 많이 맞았습니다. 구두주걱으로도 맞았고, 옷걸이로도 맞아봤고, 큰 고추장 주걱이 등짝을 내리치기도 하고.

십대 때, 학교에서 재미있었던 기억은 있지만 집 안에서 행복했던 기억은 선뜻 떠오르지 않습니다. 결혼 이후 쭉 시어머니를 모시고 살았던 엄마의 스트레스와 저를 향한 엄마의 욕망과 제 욕망 사이에는 거리가 있었죠. 당시 저희는 대치동 학원가 중심에서 살았습니다. 할머니, 부모님, 언니 둘, 저 이렇게 여섯 식구가 살았습니다. 방이 4개나 있고 화장실도 2개나 있었지만, 워낙 식구가 많은 탓에 세 자매는 각자 자기 방을 갖기가 어려웠습니다. 40평대 대치동 아파트면 부족하지 않은 환경이었지만 '하나만 낳아 잘 기르자'고 외치던 때에 셋이나 되는 애들 그리고 할머니까지, 삼대가 함께하는 집안 생활은 각자의 요구가 자꾸 충돌하며 스트레스를 많이 생산했습니다. 그러다 사춘기가 정점을 향해 달리던 고등학교 때, 학교 공부보다 저는 교내 동아리 활동을 열심히 했고 또 그것으로 사는 의미를 찾았는데 엄마는 제가 공부는 하지 않고 동아리 활동만 한다고 늘 못마땅해 하셨습니다.

그런 어머니가 한순간 암으로 돌아가시고, 저도 학교를 졸업하고 취업을 하고, 결혼을 하고 아이를 낳고. 어느 순간 저는 저뿐만 아니라 다른 사람의 인생에도 책임감을 느껴야하는 어른이 되어 있었습니다. 아이들을 낳고 엄마가 됐다는 사실은 흥분되고 기쁨이 가득한 일이지만, 육아는 낯설고 어려웠습니다. 잘못을 지적하면 쉽게 알아듣는 누나와 다르게 작은 녀석은 고분고분하지 않았습니다. 말로 혼을 내서는 변화가 없었죠. (물론 후에는 물리적인 방법도 사람을 변화시키지 못한 다는 걸 알았지만) 당시 아이의 나이는 고작 대여섯 살. 어느 날 양치를 제대로 하지 않는 아들 때문에 저도 감정이 격해 아이를 때렸습니다. 단순히 아이가 양치를 잘못 한 거 외에도 대여섯 살 남자아이가 흔히 하는 장난에 지칠 대로 지쳐있었고, 다른 일로도 기분이 썩 좋지 않았었죠. 온갖 감정의 찌꺼기들이 끓어 올랐고 결국 가장 어리고 힘없는 아이한테 화풀이를 시작했습니다. 화장실로 끌고 가 불 꺼놓고 엉덩이도 때리고 등짝도 있는 힘껏 때렸습니다. 몇 대 맞은 아이가 토하더라고요. 엄마의 원인모를 불안과 스트레스 때문에 아이는 태형을 당하는 싱가포르의 중대 범죄자처럼 무력에 시달렸습니다. 후에 알고 보니 아이의 지나친 장난과 반항(?)에는 이유가 있었습니다.

그 무렵 아들은 모 유치원에 다니고 있었습니다. 누나가 잘 다녔던 유치원이라 아들도 당연히 잘 다니겠거니 했는데 아이가 겨울방학이 지나고 다시 등원하는 날 유치원 등원을 거부합니다. 평소에도 한 두 번 가기 싫다는 말을 했었지만, 이렇게 울고 도망가고 떼쓰고 끌려가지 않으려고 안간힘을 쓴 적은 없었습니다. 6살 초입, 늘 말썽꾸러기로만 생각했던 아들과 이야기를 해야 겠다 마음먹었죠. 저녁 때 퇴근하고 돌아와 아들에게 선생님이 무섭냐, 유치원이 어떠냐 등등 기본적인 '대화'를 아들과 처음으로 나눴습니다. 아들은 늘 본인은 혼만 난다, 선생님이 나만 미워한다. 친구들이 놀린다 등, 자기 이야기를 조심스럽게 꺼내놓더라고요. 그동안 제가 아이를 낳기만 했지 키우지는 않았다는 생각이 들면서, 아이에게도 너무 미안하고 속도 상하고 밤새도록 많이 울었습니다. 제가 무얼 위해 무얼 하며 사는지 회의도 들었습니다. 입으로는 '우리 아들 사랑한다.' 외쳤었지만 정작 아이는 어디서도 인정받지 못하고 보호받지 못한다는 생각을 했었나 봅니다.

예전에 엄마가 늘 말씀하시던 지는 게 이기는 거라는 말. 아이를 키우며 이제 그 말을 가슴으로 이해합니다. 한 발 물러나 상황의 큰 흐름을 보고 무리하지 말라는 말씀이셨던 겁니다. 눈에 보이는 게 때로는 전부가 아니라는 것, 현재 순간을 잘 들여다보면 그 안에 과거의 초상과 미래의 움직임이 보인다는 것. 이런 것들은 당장의 현실을 깊게 들여다보지 않으면 알 수 없는 것들이었습니다.

엄마가 재차 제게 하셨던 말씀은 사실 눈앞의 결과 보다 그 전후를 잘 살피라는 말씀이었겠죠. 이제 아들에게 고백하고 싶습니다. 여전히 그리고 앞으로도 많이 부족한 엄마일 테지만 더 향기롭게 너를 사랑하겠노라고. 머리와 입으로 하는 사랑이 아니라 이해하고 포용하고 동화하는 사랑을 하겠다고.

Make you feel my love / Bob Dylan

세상 풍파로 힘들어할 때
당신을 따뜻하게 안아줘
사랑을 느낄 수 있게 해주겠다고
고백하는 노래입니다.

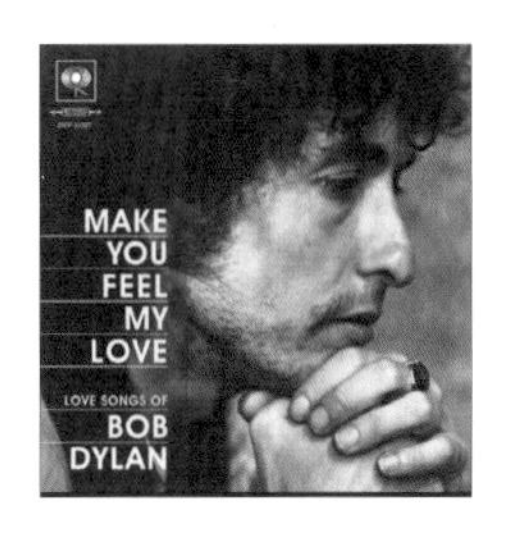

반전을 노래한 음유시인이자 포크의 대부라고 불리는 가수!

시대를 초월한 전설이자 노벨 문학상을 수상한 첫 번째 대중가수!

바로 밥 딜런입니다. 이곡은 1997년에 발표한 노래인데요. 밥 딜런의 가사는 은유적인 표현들이 많아 아름다운만큼 어렵기로 정평이 나있는데요. 이 곡의 가사는 비교적 무난하면서도 서정적이고 아름답죠. 그런데 밥 딜런이 부른 곡 중 빌보드 차트 1위곡이 단 한 곡도 없었다면 믿어지시나요? 그럼에도 그의 노래들이 다른 어떤 히트곡들보다 수십 년의 세월이 흘러도 여전히 생명력 있게 살아 숨 쉬고 칭송받는 이유는 아마 사람들의 마음을 움직이는 그의 아름다운 가사 덕분이 아닐까 싶습니다.

Music
Broadcast
Radio
HappySong
DJ
Vioce
Request
Healing
Live
On Air

SIDE D

안녕하세요
유지수의 해피송입니다

McCartney
Lennon

매일의 기적

2003년 어느 날, 영국의 사이클 협회 브리티시 사이클링의 운명이 바뀌었습니다. 당시 조직위원회는 데이브 브레일스퍼드를 새 감독으로 영입합니다. 그 전 100년 동안 영국의 사이클은 평범한, 아니 평범 이하라 해도 할 말이 없는 수준이었죠. 1908년 이후 영국 사이클링 팀은 올림픽에서 금메달을 단 한 개 땄을 뿐이었으니까요. 새로 부임한 그는 예전 감독들과는 다른 사고인 '사소한 결과들의 총합'이란 전략을 구사합니다. 그리고 아주 작은 일부터 하나씩 바꿔나갔습니다. 사이클 안장을 보다 편안하게 디자인 하고, 타이어는 접지력을 높이기 위해 알코올로 닦고, 선수들에게는 체온을 올리는 오버쇼츠를 입혀 사이클을 타는 동안 이상적인 근육온도를 유지하게 하며, 몸에 생체감지 센서들을 부착해 운동할 때 어떤 상황에서 어떤 생체 반응이 일어나는지 등을 파악했습니다.

이런 사소하지만 섬세한 전략은 더디지만 흔들리지 않는 분명한 결과로 이어집니다. 그가 영입된 지 5년이 지나자

브리티시 사이클링 팀은 2008년 베이징올림픽에서 압도적인 경기력으로 사이클에 걸려있는 메달의 60%를 가져갑니다. 4년 후 런던올림픽에서는 아홉 개의 올림픽 신기록과 일곱 개의 세계 신기록을 달성합니다. 2007~2017년까지 10년 동안 영국 사이클 선수들은 세계선수권대회에서 178개의 메달을, 올림픽과 패럴림픽에서 66개의 금메달을, 세계 최고 권위의 사이클 대회인 투르 드 프랑스에서 다섯 번의 우승을 차지합니다.

다른 사람의 노력에 대한 평가를 할 때, 중요한 순간의 승리만 과대평가하고 나날의 사소한 진전은 과소평가하기 쉽습니다. 아니 타인의 땀방울이 어떻게 흘러갔나를 궁금해 하기보다 한순간의 대단한 행위만 눈여겨 볼 뿐이죠. 하지만 하루아침에 만들어지는 큰 산이란 없겠죠. 습관은 복리이자처럼 우리에게 되돌아옵니다. 돈이 복리로 불어나듯이 습관도 반복되면서 그 결과가 몇 곱절로 불어납니다. 어느 순간에는 아주 작은 차이여도 몇 달 몇 년이 지나면 그 영향력은 어마어마해지는 것이죠.

"수학적으로, 1년 동안 매일 1퍼센트씩 성장한다면 연말이면 처음 그 일을 했을 때 보다 37배 더 나아져 있을 것이다. 반대로 1년 동안 매일 1퍼센트씩 퇴보한다면, 그 능력은 거의 제로가 되어 있을 것이다. 처음에는 작은 성과나 후퇴였을 지라도 나중에는 엄청난 성과나 후퇴로 나타난다."
_인천의 한 수학선생님 블로그 중

오늘의 발걸음이 빠르지 않다 해서 주저하거나 후회하거나 낙심할 필요가 없습니다. 오늘 걸었다면 그것만으로도 충분한 것이니까요.

Goodbye yellow brick road / Elton John

피곤한 도시의 삶을 떠나 시골에 정착하는 내용을 담은 곡인데요, 물질 만능 주의 세태에 대한 비판적 성격이 강하게 드러난 명곡입니다.

이 곡은 엘튼 존의 전성기인 73년에 만들어졌고, 미국과 유럽 등 거의 전 세계에서 히트를 쳤습니다.

차트와 상을 휩쓸었던 게 모두 그가 20대 중후반에 벌어진 일이다보니 많은 사람들은 엘튼 존의 천재성에만 초점을 맞추기도 합니다. 하지만 엘튼 존이야말로 차근차근 단계를 밟아가며 정상에 오른 뮤지션이죠. 부모님의 반대를 무릅쓰고 15세의 나이에 그룹을 결성하고 술집에서 노랠 불렀었고, 23세 데뷔할 때까지 한 곡 한 곡 노래를 써가며 준비했습니다. 비록 데뷔앨범은 상업적 실패를 맛봤지만, 이후 무명 시절에 만들어놓은 수많은 곡들을 바탕으로 재기를 시도했고, 2집부터 서서히 성공 가도를 달리게 됩니다. 기나 긴 무명시절, 그가 만들어놓은 한 곡 한 곡이 없었다면 지금의 '로켓맨'도 볼 수 없었겠죠?

왜 큰 그릇은 더디 찰까

30개월이 넘어가는 아들을 키우는 후배가 있습니다.

초콜릿과 여행을 좋아하고 회사 근처 맛집을 빠삭하게 꿰고 있고. 생각도 깊고 아는 것도 많아서 곁에 두고 틈날 때 마다 꺼내보고 싶은 후배입니다.

늦은 점심을 함께 하던 날. 아이가 말이 늦다고 걱정을 합니다. 평소 느긋한 품성의 그녀라면 "아이가 세상에 불만이 없는지 말을 안 하네요. 하하하" 하고 말았을 터인데. 때가 되면 입이 트일 것이다, 너무 걱정 말라는 맛도 없고 영양가도 없는 몇 마디만 건넸습니다. 똘똘해 보이는 녀석이 왜 그럴까 잠시 고민하고 금방 잊었습니다.

몇 달 후 그녀의 거리낌 없는 웃음소리를 들었습니다. 아들이 드디어 말문이 트였다고. 그래 그럴 줄 알았다며 함께 웃을 수 있었죠.

현대 회화의 아버지이자

전형적인 대기만성형 화가, 폴 세잔.

일찍이 그림을 그리고 싶었지만,

주위의 흔한 천재들에 비하면,

재능이나 기교가 한참 부족하다고 스스로 생각했대요.

하지만 세잔에게는 재능이 있었습니다.

바로 꾸준함이라는 재능이었죠.

선불리 포기하지 않고 꾸준히 그림을 그리면서,

다양한 화법을 연구한 결과,

세잔은 60대 중반에 비로소 전성기를 맞이합니다.

(중략)

힘들 때는 가끔 이 말을 떠올려봐야겠어요.

큰 그릇은 원래 늦게 만들어지는 바이고,

우리는 지금,

언젠가 피어날, 나만의 꽃을 기다리는 중이라고요.

_2019년 1월 24일 <해피송> 오프닝 중에서

왜 큰 그릇은 천천히,

늦게 차서 사람 마음을 타들어가게 할까요?

이유는 크니까. 담을 게 많으니까.

Love is a wonderful thing / Michael Bolton

자연의 법칙처럼
당신과 나도
너무도 당연한 운명적 사랑이라는
내용의 조금은 뻔뻔한
사랑 노래입니다.

대기만성 주제에 웬 사랑 타령이냐고요? 벌써 눈치를 채신 분들도 계시겠지만 Love is a wonderful thing을 부른 가수 마이클 볼튼의 인생이 대기만성이었기 때문이죠. 볼튼은 팝계에 등장하자마자 슈퍼스타가 됐던 거라고 생각하는 분도 많은데요. 사실이 아닙니다. 그는 십 수 년의 무명생활을 겪어야 했죠. 1975년 그의 본명, 마이클 볼로틴(Michael Bolotin)이란 이름으로 솔로 앨범을 발표했었습니다. 하지만 실패로 끝났죠. 이후 70년대 후반에서 80년대 초반까지는 헤비메탈 밴드의 리드 싱어로 활동했습니다. 발표하는 음반마다 모두 실패하는 불운을 겪었고요. 83년에는 이름을 마이클 볼튼으로 바꾸고 다시 솔로 가수로서 팝계에 도전장을 내미는데요. 역시 실패를 겪죠. 그리고 오히려 로라 브래니건에게 준 곡 How Am I Supposed to Live Without You는 성공을 거두게 되면서 씁쓸함을 맛봐야 했습니다.

하지만 실패를 거듭하면서도 좌절하지 않고 끝까지 포기 하지 않았던 그는 결국 89년에 이르러서야 빛을 보게 됩니다.

로라 브래니건에게 준 바로 그 곡 How am I supposed to live without you를 자신이 다시 불러서 히트를 시킨 건데요, 이후 Love is a wonderful thing, When a man loves a woman 등을 연이어 히트시키면서 세계적인 스타로 올라섭니다.

숱한 실패를 겪어서 일까요.
그는 이제 언론의 찬사나 비평, 상업적인 성공여부에 흔들리지 않고 꾸준히 자신만의 길을 걷고 있습니다.

함께

방송국에서 일하는 장점 가운데 하나는 '공짜가 많다'입니다. 많은 책과 음반들이 홍보용으로 매일 방송국 현관문을 넘어옵니다. 저희 사무실 한 쪽에도 그런 책들이 쌓여있습니다. 그리고 관심 있는 사람은 누구나 읽을 수 있고요. 그 중 한 권이었던 책, 《왜 함께 일하는가》 이 책은 경영컨설턴트이자 베스트셀러 작가인 사이먼 사이넥이 쓴 책입니다. 아마 이 책이 여느 경영서처럼 어렵고 딱딱하고, 달나라 이야기처럼 느껴졌다면 저는 이 책의 페이지를 넘기지 않았을 겁니다. 간단한 글과 멋진 삽화가 어우러진 이 책은 가볍지만 핵심을 꿰뚫어 보는 통찰력이 있었습니다. 작가는 책 속에서 혼자 빛나는 별은 없다고 속삭이며 말합니다. '일'은 혼자서도 얼마든지 할 수 있지만, '성공'은 혼자만의 힘으로 이뤄내기 매우 어렵다고.

예전에는 최신 영화는 물론, 인기드라마 대사까지 외우고 있었는데 최근 들어 본 영화나 TV시리즈들은 모두 어린이용 뿐.

터닝메카드, 카봇, 또봇 등등. 특히 만화를 좋아하는 아들 덕분에 로봇과 배틀 중심의 만화 애호가가 되어갑니다. 헌데 이 만화들 사이에는 공통점이 있어요. 선한 주인공은 항상 악한 상대와 1:1로 맞서서 싸우면 금방 지고 만다는 거죠. 주인공은 일단 무모할 정도의 용기로 악당과 일대일로 맞붙지만 곧 패배하고, 주변의 선한 친구들과 연합한 후 악당을 물리친다는 것이 이야기의 규칙입니다. 사실 아이들 만화만 그런 것이 아니죠. 마블의 어벤져스 시리즈도 역대 최강의 악당이라는 타노스에 맞서 아이언맨, 캡틴 아메리카, 토르, 블랙위도우 등등이 힘을 합쳐 싸우는 내용입니다. 우리 영화, 괴물도 절대악으로 대변할 수 있는 괴물과 평범하지만 의로운 이들의 합심과 분투 속에 선을 찾아간다는 줄거리고요. 이들 콘텐츠들은 말합니다. 혼자서는 해결할 수 없다, 머리를 맞대고 몸을 함께 움직여 상황을 개선해 나가야 한다고 이야기 합니다.

무시무시한 적과 싸울 때만이 아니죠. 인생이 아름다운 것은 무엇을 보거나 뭔가를 해서가 아니라 우리가 만나는 사람들 덕분입니다. 그리고 사회는 혼자만의 생각으로는 앞으로 나아갈 수 없습니다. 작은 세상을 넘어 큰 물결에 맞서기 위해 서로의 맞잡은 든든한 마음이 필요합니다. 서로 나누는 영감이 더 큰 목표에 도달할 수 있게 도와줍니다.

인간은 사회적 동물이기에 자신이 어떤 집단에 속해있지 않고 완전히 고립되었다는 사실에 커다란 상실감을 느낍니다.

개별 삶은 서로 섞이지 않더라도 일을 할 때는 힘을 모아야 효과적인 결과를 도출할 수 있죠. 특히 커다란 목표가 있을수록 '함께'가 중요합니다. 함께한다는 이유만으로 우리는 위험을 무릅쓰고, 어려운 상황에 도전합니다. 높은 장벽에 부딪힐 때, 혼자서는 머뭇거리게 되고 장벽을 넘기 어렵지만 서로 힘을 모아 격려하면 어려움을 보다 쉽게 극복할 수 있는 거죠. 서로서로 신뢰하고 힘을 합칠 때, 혼자서는 꿈꿀 수도 없었던 엄청난 일들을 해낼 수 있습니다.

High / Lighthouse Family

함께 시련을 뚫고
높이 비상할거라는
내용의 노래에요.

이 곡을 히트시킨 Lighthouse Family는 흑인 보컬과 백인 작곡가로 구성된 영국의 팝 듀오입니다. Lighthouse Family라는 이름은 흑과 백이 조화롭게 세상을 밝히는 Lighthouse(등대) Family(가족)가 되라는 의미라고 하는데요. 그 이름 그대로 이들의 노래는 주로 듣기 편하면서도 밝고 긍정적인 가사들로 채워져 있습니다. 이 곡을 들으며 가사를 따라가다 보면 '이 또한 지나가리라'라는 말이 저절로 떠오르는데요. 지금 내가 처한 환경이 어둡더라도 언젠가는 밝아질 거라는 묘한 희망의 감정이 싹트는 느낌입니다.

난 괜찮아

저보다 열일곱살이나 많은 모태솔로로 의심되는 남자사람선배PD와 일하고 있었습니다. 로맨틱한 관계는 당연히 그리고 다행히 없었고, 부족한 진행자인 저를 매일 매순간 채찍질하는, 지나고 보니 즐거운 방송이 무엇인지 반의적으로 알려준 선배가 있었습니다. 두 시간짜리 음악방송 첫 녹음 날. 노래는 디지털음원으로 심었음에도 불구하고 5시간에 걸친 녹음 끝에야 스튜디오를 빠져나갈 수 있었습니다.

"다시, 다시... 지수야, 거기 멘트 다시 해 봐,
좀 더 자연스럽게 이야기 해, 생각하고 말해라."

그리고 딱 5초가 채 지나지 않아 온에어 빨간불이 들어옵니다. (녹음 시에도 마이크가 켜지면 빨간 온에어 불이 켜지지요.) 아마 제가 5초 안에 멋진 말을 생각해내 전할 수 있는, 능력 있는 초보 아나운서라고 생각했던 모양입니다. 지금은 30분이면 끝나는 2시간짜리 음악프로그램 녹음을 당시에는 "다시, 다시..." 와 함께 장장 5시간에 걸쳐 녹음했습니다. 서울에서 부산까지 무궁화호로 5시간 30분, 새마을호로 4시간 50분이 걸리는 것을 감안하면 그와 단둘이 잊지 못할 추억의 기차 여행을 한 셈이기도 하네요.

한 번은 생방 시작 30초를 앞두고 작가의 원고를 전부 고쳐보라고 주문했습니다.

'이거 실화?'라는 표정으로 쳐다보니 그의 말은 "이것은 모두 훈련이다"라고 합니다. 정말 그와 함께 한 3년 가까운 시간은 제게 군대나 마찬가지였죠. 매일이 요격훈련이나 도보훈련만큼 빡셌으니까요. 처음 1, 2년은 토요일 생방 때, 평일에도 9시 출근인데 8시까지 오라고 합니다. 그래서 생방송은 낮 12시부터인데 왜 평일보다도 일찍 와야 하냐고 묻자,

"이런 훈련도 필요하다!"

당시 선배들이나 소속 부장에게 말하면 역으로 이상한 사람으로 찍힐까 두려웠고, 그리고 당시 훈련(?)을 담당한 그가 팀 내부에서 있었던 일은 무슨 군사기밀마냥 절대 밖으로 발설하지 말라는 지시를 내리기도 했었습니다. 그렇게 곰처럼 참고 때로는 싸우며 3년을 보냈습니다. 사실 저보다도 그와 함께 일했던 많은 작가들이 더 힘들었죠.

"작가야, 바지를 수선해 가지고 와라."

"출근하자마자 피디의 컴퓨터를 켜 놓아라."

"일요일 녹음 방송 때에도 항상 방송을 실시간으로 모니터 해라." 등등 갑질이라는 단어가 생기기도 전에 시대를 앞서가는 언행을 보여주었으니까.

하지만 지나고 보니 '그것은 정말 훈련이었고 좋은 경험이었으며, 17년이라는 간격의 선배에게 대들었던 게 죄송하고 반성한다'고 말 할 수 없습니다. 엄연히 그 시간은 고통의 시간이었고 저에게는 악몽의 연속이었습니다. 덕분에 불규칙한 생체리듬으로 한의원을 들락날락하기도 했고 항상 퇴사를 가슴에 품고 살았던 기간이었습니다. 퇴사를 하지 못한 이유는 저의 통찰력, 착각, 그리고 지하철 광고 덕분이었죠. 제 능력을 더 이상 받아줄 데가 있을 거 같지 않았고, 여기서 이 고통을 이기지 못하면 다른 어떤 일도 할 수 없을 것이란 착각, 그리고 "모든 일에는 끝이 있다"는 5호선 지하철의 어느 광고로 말미암아 끊어지지 않은 인연을 이어가게 되었습니다.

하나 나쁜 일이라 할지라도 한 쪽 귀퉁이에는 신의 미소가 숨어있나 봅니다. 그와는 지옥 같은 시간을 보냈지만 방송의 참 재미도 그 프로그램을 통해 처음으로 알았고, 라디오의 묘한 매력에도 눈 뜨게 되었죠. 전혀 괜찮지 않았던 당시 그가 참으로 좋아했던 곡, 실은 팝송이 원곡인 곡.

그리고 제 이야기 같았던 노래, 진주의 '난 괜찮아'

원곡인 Gloria Gaynor의 'I will survive'를 소개합니다.

I will survive / Gloria Gaynor

한때는 자신에게 상처를 안긴
사람 때문에 힘들었지만
더는 무너지지 않고 상처받지 않고
꿋꿋하고 당당하게
살아갈 거라고 포효하는 곡이에요.

글로리아 게이너가 1978년에 발표한 히트곡입니다. 이듬해엔 빌보드 차트 1위까지 올랐고요, 그래미상까지 수상했죠. 여전히 미국인들의 애창곡 중 하나라고도 합니다. 또 우리나라에서도 1997년에 진주에 의해 '난 괜찮아'라는 제목으로 번안되어 불리면서 큰 인기를 끌었습니다. 당시 우리나라는 외환위기를 맞은 직후라 '난 괜찮다'라는 제목과 진주의 힘 있는 보컬이 절망에 빠진 많은 이들에게 힘을 주기도 했었죠.

세찬 비가 나흘째 오다가다 합니다. 밤에는 천둥 번개도 치고, 아프고 강하게 내리꽂히는 비가 내렸네요. 올 해 들어 처음으로 서울에도 호우경보가 발령되고 실종자도 1명, 부상자도 2명이라니 보통 비는 아니죠.

최근 방송가에도 날씨와 관련해 새로운 규칙(?)이 생겼습니다. 주의보 이상의 자연재해는 반드시 1시간 안에 해당 내용을 방송으로 전해야 한다는 것. 어제가 그런 날이었습니다. 행정안전부에서 발표한 파주시에 내려진 호우경보의 마감(?) 9분을 남겨놓았을 때. 해당 부서장이 점심식사를 중간에 멈춰가면서 종이 한 장을 들고 스튜디오의 이중문을 열고 들어왔습니다. 째깍째깍 시간은 가고, 팝송을 소개하다 느닷없이 파주 지역의 호우경보를 읊어댔습니다.

"마이클 잭슨의 빌린 진이었습니다. 잠시 호우경보발령을 말씀드리겠습니다...”

쉬는 시간에 즐겁게 우리끼리 잡담을 하고 있는데 담임선생님이 인상 쓰며 들어오는 격이랄까요. 그래도 어쩔 수 없습니다. 해당 지역과 관계없는 사람은 ‘왜 저러나’ 할 수 있지만, 만약 지시가 내려온 발령을 제때 보도하지 않으면 해당 방송사는 꽤 많은 벌금을 물어야합니다.

비가 대나무 가지 뻗듯 쭉쭉 내리는 날이면 어김없이 듣고 싶다며 선곡을 요청하는 곡들이 있습니다. 그중 하나가 바로 CCR의 Have you ever seen the rain 입니다. 이곡은 1970년 비틀즈가 해산한 뒤 그 공허함을 메워준 컨트리 락 밴드 CCR의 대히트곡이죠. 후에 로드 스튜어트, 스모키, 카렌 수자 등이 리메이크해서 불렀습니다. CCR은 사회비판적 메시지가 담긴 곡들을 많이 발표했는데요. 이 곡에서도 Rain은 단순한 비가 아니라 베트남전에 쓰였던 미군의 고엽제를 뜻했다고 하네요. 즉 베트남 전쟁을 비판하는 은유적 표현이었습니다. 그래선지 당시 우리나라에선 ‘불온’한 노래라는 얼토당토 않은 이유로 금지곡 목록에 올랐었다고 합니다.

Have you ever seen the rain / CCR

폭풍우가 그치고 나면
햇빛이 눈부신 날들이
오랫동안 지속될 거라는
희망을 이야기 하는 곡입니다.

이 곡에서는 노래합니다.
폭풍우가 지나간 후, 햇빛이 쏟아지는 빗물처럼
눈부시게 빛날 거라고.

오늘은 해가 찬란합니다.
그동안 덩어리져 몰려다니던 구름은 모두 걷히고
티끌 하나 없는 햇살이 비에 지쳐 있는 도로에
선명하게 자신의 모습을 드러냅니다.

지금 당신의 하루에도 먹구름이 드리워져 있나요?
혹시 그치지 않는 장대비로 마음 구석구석이 패어 있나요?
하지만 비는 지나가고 시간은 머물지 않으니
걱정 말고 속상해 말아요.
내일은 쏟아지는 빗물을 몰아내고
햇빛이 눈부시게 빛날 거니까.
그것이 살아가는 이치이고, 자연의 법칙이니까.

그리움

박하사탕을 먹을 때마다 입안 끝에 엄마향이 맺힙니다. 엄마의 오래된 가죽가방에는 늘 음식점 카드결제기 옆의 사탕바구니처럼 저렴하고 다양한 사탕들이 들어 있었습니다. 그 중 박하사탕이 제일 많았습니다. 그래서 지금도 박하를 물면 감기몸살로 괴로울 때 선뜻 등을 내밀던 엄마가 생각나고, 굵은 멸치만으로 김치찌개를 끓이던 엄마의 뒷모습이 그려집니다. 또 일요일 아침 일찍부터 극성을 부리며 딸들을 깨우고 잔소리를 해대던 엄마의 뒷자락이 보입니다. 왜 그리도 부산을 떨고 극성을 부리며 살았는지. 이제는 억척스럽던 엄마의 뒷모습을 상상하니 짠내 나는 웃음이 새어 나오네요.

엄마가 세상을 떠나고 나니 한동안 세상에서 할 일이, 할 수 있는 일이 없었습니다. 25년, 길지 않은 인생의 순간순간 엄마의 비위를 맞추기 위해 버겁고 짜증날 때도 많았습니다. 언젠가는 엄마께 예고하지 않고 독립의 날개를 퍼덕이며 보란 듯이 훨훨 날아갈 예정이었습니다. 엄마의 갑작스러운, 실은 상황은 점점 악화되었지만, 저는 인정할 수 없었던 엄마의 부재가 어느 날 밤에 찾아왔습니다. 엄마를 보내고 취업도 사랑도 종교도 함께 사라졌습니다. 밤 12시를 넘겨버린, 마법이 풀린 신데렐라처럼 모든 의욕이 한순간 사그라져 버렸습니다.

엄마, 어머니라는 존재는 누구에게나 그런가 봐요. 삶의 토양이고, 정서가 피어나는 고향이고, 병아리가 깨뜨려야만 하는 껍데기와도 같습니다. 하지만 막상 그 껍데기가 깨졌을 때 한 마리 새는 길을 잃고 방황합니다. V자로 이동하는 철새가 무리의 큰 흐름을 보고 앞으로 날아가는 것이 아니라, 앞서가는 새의 뒤통수만 보고 쫓아가다 앞선 새를 놓쳤을 때의 당황스러움이라고 해야 할까요. 누군가를 떠나보낼 준비가 되어있지 않은 채, 상황을 바라보는 안목도 키우지 못한 채, 홀로 결정하고 처신해야 한다는 부담감과 압박감이 자꾸 스스로를 뒷걸음질 치게 만들었습니다. 세상살이를 힘차게 헤쳐 나가는 것이 아니라 어떻게 하면 숨어살까 궁리만 하게 되었죠. 그 수동의 세월은 수년간 이어졌습니다.

10년 전만 해도, 그리운 대상이 있다는 게 참 서글펐습니다. 더 이상 엄마의 보호를 받아야할 나이나 처지도 아니면서. 응석을 부릴 상대도 없고 잔소리를 해줄 대상이 없다는 것이 아쉬웠습니다. 그것은 결혼을 하고 가정을 이루는 것과는 또 다른, 내 안의 덜 자란 나를 어떻게 다뤄야할지 몰라 쩔쩔 매는 것이었죠. 그런데 어느 순간, 아득히 그리워할 수 있는 사람이 있다는 건 삶의 향기를 더하는 일이라는 걸 알았습니다. 아마 이는 시간을 감당해낸 자가 받을 수 있는 선물이겠죠.

비 오는 목요일 오후, 체온보다 다소 높은 온도의 차 한 잔을 마시며 누군가를 관조하는 것은 과거 나의 부족함을 이제는 여유롭게 바라볼 수 있는 성찰의 시간이란 것을 알게 되었습니다. 그것은 더 이상 내가 부족하지 않아서가 아니라 부족함을 인지하고 인정하는데서 오는 해방감 같은 것이지요. 그리고 그런 시간을 쌓아갈수록 나의 삶은 점점 무르익고, 나의 내면에서 걸핏하면 쩔쩔 매던 아이에게 평화가 찾아옵니다.

그리움 한 자락 나부낀다는 것은
마음에 군불 하나 떼는 것과 같네요.

그리움은 마음에 남아
타인에 대한 배려가 되고
음악과 만나 명곡으로 나부끼고
글로 남아 상처를 치유합니다.

I'll be missing you / Puff Daddy

다시는 볼 수 없는
사랑하는 사람을 그리워하며
그 사람과의 추억으로
힘을 내 살아가겠다는
내용의 곡입니다.

미국의 래퍼 퍼프 대디가 1997년에 발표한 노래죠. 사고로 죽은 동료 래퍼 The Notorious B.I.G.를 그리워하는 내용으로 유명합니다. 1997년에 11주간 빌보드 차트 1위를 차지하기도 했죠. 또 The Police의 Every Breath You Take를 샘플링해서 만들어서 우리에게 더 친숙하고 더 많이 알려지게 됐습니다.

움직임의 숭고함

운동으로 창의력을 더 키워가는 예술가들이 있습니다. 작가 무라카미 하루키. 그가 하루도 빠짐없이 달리기를 한다는 것은 익히 알려진 사실이죠. 1978년 전업 작가가 된 이후 그는 매년 마라톤 대회나 철인3종 경기에 출전하고 있습니다. 하루키는 달리는 능력이 높아질수록 (객관적인 수치로 증명할 수는 없지만) 창조력도 보다 안정적이고 깊어진다고 밝힙니다. 헤밍웨이는 복싱을 좋아해 쉰 살이 될 때까지 프로선수와 스파링을 즐길 정도였고요. 역시 미국의 문학가 필립 로스는 70대까지 매일 수영을 즐겼답니다. 또 네덜란드의 작곡가 휘도 판 데어 베르베는 스스로를 더 샤프하게 만들기 위해, 더 집중하고 엔도르핀을 뿜어내기 위해 달리기를 한 후 피아노 앞에 앉는다고 말합니다. 그 밖에 임마누엘 칸트, 장 자크 루소 등 철학자들도 걸으면서 생각을 정리하는 습관이 있었죠. 왜 많은 작가와 예술가, 사상가들이 규칙적인 운동에 집착하는 걸까요.

2014년 스탠포드 대학 연구진이 176명을 대상으로 창의력을 측정하는 퀴즈를 내고, 앉아 있을 때와 걸을 때의 성적을 비교했습니다. 그 결과 걸을 때, 창의력이 60% 향상 되는 걸로 나타났습니다. 연구진은 유산소 운동이 도파민 등으로 뇌를 활성화시켜, 스트레스를 줄이고 두뇌 활동을 활발하게 하기 때문이라고 설명합니다. 뿐만 아니라 미국 국립노화연구소가 2016년 쥐 실험을 한 결과, 유산소 운동을 할 때 뇌의 해마 세포들이 더 많이 생산됨을 확인했죠. 즉, 유산소 운동을 열심히 한 쥐가 신체활동이 떨어지는 쥐보다 뇌세포를 2~3배 더 많이 생산하는 것을 확인한 겁니다. 한번은 C정신과 전문의와 사석에서 애기를 나눈 적이 있는데, 그가 말하길, 본인은 우울증 환자에게 약을 처방하기에 앞서 운동화를 처방한다고 합니다. 우울증은 사람을 무기력하게 만들고 활동을 제어하는 병인데 고치기 위해서는 먼저 문 밖으로 나가야 한다고요. 일단 운동화를 사러 나가고 그 운동화를 신고 몸을 움직여 땀을 흘리고. 이것만으로도 우울한 증상이 상당히 사라진다고 말합니다.

그런 날이 있습니다. 나락으로 떨어지는 날. 나는 가만히 있었는데 주위에서 자꾸 날 끌어내리는 거 같은 날. 업무실적도 별로인데 지각해서 상사에게 연속 거북한 말을 듣고. 은행에서 나오는 길에 가볍게 부딪힌 사람이 나에게 모욕적인 언행으로 대꾸하고. 다이어트 한다고 식단 조절하는데 몸무게는 오히려 늘어난, 뒤통수에서 김나는 날. 이밖에도 수 만 가지 예상치도 못한 일들 때문에 바닥을 알 수 없는 추락을 맛보는 날들이 있죠. 어디 콕 박혀서 숨고 싶은 날 말입니다. 이런 날도 있습니다. 오늘과 어제의 차이가 무엇인지 모르겠는 날. 어느 영화 속 주인공처럼 아침에 깨면 같은 날이 계속 반복되는 거 같은. 활성산소가 부족하고 일종의 무기력에 빠지는 날. 그런 날은 움츠러들기보다 깨어나야, 일어나야 할 날입니다. 몸을 흔들 때는 한 가지 고민을 계속 붙잡고 있을 수 없기 때문이죠. 몸을 움직이고 땀을 흘려 우리 뇌에게 젊음을 선사해 봐요. 지금 땀 흘려야할 이유, 충분하겠죠?

Footloose / Kenny Loggins

반복되고 답답한 일상을 벗어나
몸을 움직여 스트레스를
던져 버리라고 외치는
신나는 응원가 입니다.

영화음악의 귀재, 케니 로긴스의 또 하나의 영화음악 히트곡입니다. 실제로 춤과 록음악이 금지된 미국의 한 마을을 배경으로 한 영화, 풋루즈의 동명 주제곡인데요.

갑갑할 때, 일이 잘 풀리지 않을 때,
작은 일탈을 통해 새 활력을 얻고 싶을 때,
발을 흔들고 몸을 움직여 보라는 주문!
너무 쉬운데 지금 우린 왜 안하고 있는 거죠?

사전에는 없는, 현실에는 있는 '진정성'

예술가라고 하면 특별한 사람 같습니다. 어려서부터 뛰어난 재능 덕에 칭찬과 상을 몰고 다니고 평범한 사람들은 존재의 유무조차 기억나지 않는 밀알의 상처 같은 것에서 영감을 얻는 사람들이라 믿었죠. 꽤 최근까지 이런 생각에는 변함이 없었습니다. 그들은 너무나 특별해 보이니깐.

몇 해 전 우리 영화, 웰컴 투 동막골의 OST, Waltz of Sleigh의 작곡가 히사이시 조의 책 《나는 매일 감동을 만나고 싶다》를 보았습니다. 그를 썩 좋아하거나 잘 아는 건 아니었지만, 영혼을 파고드는 피아노 소리를 만드는 작곡가라는 생각은 했었죠. 그리고 현존하는 예술가의 은밀한 삶이 궁금했습니다. '그에게는 특별한 게 있을 거야. 아마 매일 날고기를 먹을지도 모르고, 빨간색 속옷만 고집하는 특이한 취향을 갖고 있을지도 모르지.' 언제나 공인들의 삶은 들여다보고 싶은 충동을 불러일으키니까요.

책은 덤덤했습니다. 자신이 지나온 길에 도취되지 않고 서글서글한 문체로 스스로의 삶을 그려냈습니다. 오히려 약간 싱거웠습니다. 그의 책을 읽으면 남모르는 그의 사생활을 캘 수 있을 줄 알았는데 기자에게 빌미를 주지 않으려는 의도처럼 깔끔하게 뒤처리를 했다고나 할까요. 그렇지만 선선한 가을 공기 같은 책 내용 중 신선한 고백도 있었습니다. 그가 말하기를, 작업을 할 때는 항상 규칙적으로 일한다는 것. 가령 아침 7시에 일어나 8시에 밥을 먹고 9시에 사무실에 도착해 10시에 커피를 마시고 11시 30분에 산책을 나와 12시 15분에 점심을 먹는 식이랍니다. 이건 뭐 제 고3 시절보다 더 규칙적이고 정렬된 삶이더라고요. 가장 높은 창조력을 발휘하는 예술가의 삶이 실은 공산품처럼 규격화된 삶이라니.

비단 히사이시 조만이 아니죠. 어디서든 오후 네 시에는 반드시 조깅을 한다는 소설가, 오전에 꼭 한 편의 작곡을 한다는 음악가 등. '동그라미-세모-네모-별-(다시)동그라미'라는 규칙적인 흐름이 예술적 창작활동에 도움이 된다는 겁니다. 예술적 창의력이 빛을 발한다는 것은 어쩌면 성실함의 유전자를 요구하는 작업인지도 모르겠습니다.

매일 반복되는 틀을 만든다는 것. 가장 틀에 얽매이지 않아야 할 거 같은 창조의 세계에서 규칙이 중요하다는 것은, 규칙이라는 틀이 순간순간의 영감과 열정을 담는 그릇이기도 해서일겁니다.

평론가 강헌이 '세기말의 위안'이라고 인정한 소리꾼, 장사익. 소머리 국밥 같은 푸근하고 얼큰한 노래를 하는 장사익은 고교 졸업 후 45세까지 무려 15가지 직업을 전전했습니다. 그러다 음악에 대한 열정으로 3년만 태평소에 매달리기로 합니다. 그가 속한 공주농악·금산농악은 1993년 상을 휩쓸고, 이후로도 장사익은 태평소 연주자로 명성을 떨치게 됩니다. 1994년 어느 날 사물놀이패 공연이 끝난 후 피아니스트 임동창의 반주에 맞춰 '대전 블루스', '봄비', '동백아가씨' 등을 불렀는데, 대중들은 노래하는 그에게 열광했습니다. 그리고 그의 나이 마흔하고도 여섯인 1995년 '하늘가는 길'이란 데뷔 앨범을 발표합니다.

일상의 예술화, 예술적인 일상을 위한 방법은 무엇일까요. 그저 오늘 하루를 충실히 살아내는 것. 그것이 예술과도 같은 삶의 비책이겠죠. 우등생들이 교과서만 가지고 공부했다고 답하는 거처럼 너무 단순해서 '이게 다야' 싶은, 결국 오래도록 아름답게 기억 될 삶이란 오늘 하루를 진정성 있게, 참되고 어진 마음으로 사는 것 아닐까요.

How long will I love you / Ellie Goulding

하늘 위에 별이 떠 있는 한
사계절이 계속 도는 한
오랫동안 당신을 사랑하겠다는 가사가
시적인 노래입니다.

엘리 굴딩이 부른 영화, 어바웃 타임의 주제곡 중 하나이죠. 영화, 어바웃 타임은 시간에 대해, 아니 소소한 일상의 소중함에 대해 일깨워주는 영화입니다. 영화에서 남자 주인공은 돌아가신 아버지를 만나기 위해 매일 시간여행을 떠납니다. 그러다 자신의 아이가 태어날 때 즈음, 더는 시간 여행이 불가능해지자 아버지와 마지막 시간을 보내는데요. 그 장면이 인상적이었다는 분들이 많죠.

아마도 아버지와 탁구를 치고, 해변을 산책하고, 이야기하는 등 일상의 반복되고 별 것 없는 소소한 순간들이 실은 우리 삶을 더 풍성하게 만드는 가장 중요한 순간이라는 사실을 보여줬기 때문이었을 거예요.

견디면 나아지진 않아도 더 좋은 사람이 될 수 있어

운명에 순응하자는 말이 아닙니다. '지금 아무리 힘들어도 참고 또 참으면 언젠가는 좋은 날이 오겠지' 하는 대책 없는 긍정을 설파하고자 하는 것도 아닙니다. 세상의 많은 고민은 양자택일이 어렵다는데 있죠. 먹거나 먹지 않거나, 참거나 싸우거나, 좋거나 나쁘거나가 아닌 긍정도 부정도 아닌 그 중간의 어디, 마치 천국과 지옥 사이에 연옥이 있는 거처럼 이러지도 저러지도 못할 상황을 맞닥뜨릴 때 우리는 심히 고민에 빠집니다. 그리고 스스로가 왜 이리 우유부단한지 혹은 마음가는대로 직진할 수 없음에 괴로워합니다.

방송 중 만나는 사연 중 대다수는 '지금 너무 힘들다'입니다. 어려운 회사사정으로 앞으로의 월급은커녕 당장 내 자리를 사수할 수는 있는지, 또 사회의 관계망 안에서 살아남기가 너무 버겁다는 것 등이죠. 또 가족 안에서, 사회 안에서 형성되는 갖가지 관계와 돈, 정신적 육체적 피로 때문에 고통인 사람들의 이야기가 늘 눈에 띕니다.

첫째 임신 4개월이었을 때입니다. 상사가 지역 모 영화관에서 장애인 관련 영화가 있는데 시사회 사회를 봐줄 수 있겠느냐고 물었습니다. 때는 11월에서 12월로 넘어가는 시기였고, 첫 아이 임신으로 모든 것이 조심스러웠고, 감기증상 같은 것도 있었습니다. 당시는 지금보다 임신부에 대한 배려가 덜 정착된 때여서 저도 제 권리를 당당히 내세우기가 어려웠습니다. 상사가 무섭기도 했고, 제가 안 가면 막내 아나운서에게 먼 길을 부탁해야 하는데 어떻게 하겠냐고 묻더군요. "네가 안 가면 갓 들어온 후배가 가야해" 라는 말이 마음을 무겁게 했습니다. 기꺼운 마음으로 나선 길이 아니어서 그랬는지 다녀오고 후회했습니다.

영화관은 기차역에서 과히 멀지 않았지만, 저녁 시간 시사회여서 근무 후 지친 몸으로 시사회 사회를 맡고 영화를 보는 일정이 버거웠습니다. 돌아오는 기차 안에서 명확한 이유 없는, 이유라면 거절을 못했던 스스로에 대한 분노를 혼자 삼켰습니다. 임신이라고 유세부리고 싶은 마음은 없었지만 그럼에도 출장을 보낸 상사도 미웠고, (저의 희생 따위는) 아무것도 모르고 키득키득 거리는 후배도 미웠고, 왜 그 자리에서 "못 가겠습니다, 죄송합니다." 라고 한 마디도 하지 못했던 제 자신도 미웠고. 임신 중 호르몬이 불규칙해서인지, 상황이 억울해서인지, 짜증과 두통만 가득했습니다. 그리고 (여전히 야무지게 지키지는 못하고 있지만) 앞으로는 거절할 때는 확실히 거절하자는 다짐을 여러 차례 했습니다!

그 후 약 10년이 지나고 보니 그리 억울할 일도, 원망할 일도 아닌 일이었습니다. 만약 또다시 같은 상황이 연출되어도 아마 저는 또 거절하지 못하고 끌려가듯 OO행 기차를 타겠지만, 이제는 조금 다른 마음입니다. 쉬이 거절하지 못하는 저를 달래가며 기차표를 끊을 겁니다. 오히려 새로운 경험을 쌓으면서, 방송에서 한 마디라도 더 실감나는 경험담을 전할 수 있을 거라며 스스로를 다독일 지도 모릅니다. 시간이 준 처방은 상황을 견디고, 나를 견디며, 나를 더 깊이 이해하면, 더 단단한 내가 만들어진다는 것입니다. 단, 나를 견디는 것은 다 참으라는 말이 아니라는 것. 내 성향을 이해하고 늘 비슷한 결정을 내리는 나를 받아들이고 그런 나로서 잘 사는 방법을 찾자는 것이죠.

어려운 선택과 감당하기 힘든 상황을 버텨내는 일은 살아있는 한 언젠가는 또 내가 풀어야할 숙제들입니다. 어떤 숙제는 바보처럼 당할 때도 있고 어떤 숙제는 어렵지만 해결도 하고 또 어떤 숙제는 어영부영 있다가 지나가 버리기도 할 겁니다. 그러면서 사회가 내준 과제들을 인지하고 해결하고, 때로는 버티고 때로는 포기하면서 좀 더 나은 나, 어른이 되는 것이겠죠. 문제상황을 알아가고 나름의 방식으로 풀어나가면 스스로의 장단점과 마주하게 됩니다. 그리고 '나'라는 사람에 대해 많이 알고 스스로를 인정 할수록 점점 더 자신에게 그리고 타인에게 편안한 사람이 되겠죠. '나 사용법'을 알게 되니까. 더 높이 성장하지는 못해도 내실이 잘 여물면서 성숙해지는 겁니다.

At seventeen / Janis Ian

자신의 학창시절이
못난 미운 오리새끼였다고
솔직히 고백하는
재니스 이안의 자전적 노래에요.

재니스 이안의 최대 히트곡 At seventeen입니다. 서정적인 멜로디와는 반대로 가사는 처절할 정도인데요, 실제로 재니스 이안이 학창 시절 때 겪은 감정을 고스란히 담았다고 합니다. 숨기고 싶을 법한 과거를 그대로 인정하고 과감하게 알린 거죠. 이 곡은 발표되자마자 빌보드차트 1위, 그래미 올해의 노래와 올해의 앨범 후보로까지 올랐고, '예쁜 언니'죠? 올리비아 뉴튼존을 제치고 여성 팝보컬 퍼포먼스 부문상을 거머쥐기도 했습니다. 또 밸런타인데이가 뭔지 몰랐다는 가사 덕분에 전 세계 팬들에게 수백 통의 밸런타인 카드까지 받았었다고 하네요.

사랑

너무 급하게 소비되는 사랑이야기 속에 문득 떠오른 사랑 하나가 있습니다. 믿을 수 없는 실화, 하지만 그래서 더 눈물 나던 이야기, 영화, 님아 그 강을 건너지 마오. 영화는 98세 할아버지와 89세 할머니의 알콩달콩한 로맨틱코미디로 시작해, 76년 함께한 세월에 마침표를 찍어가는 내용입니다. 보통 사람처럼 웃고, 보통 사람처럼 눈시울이 뜨거워지는 영화였죠. 그중 '이것이 사랑이지' 싶은 장면이 있었는데, 어느 깊은 밤, 할머니는 어둠이 무서우니 자신이 화장실에 다녀올 동안 화장실 앞에 할아버지가 서 계시길 부탁합니다. 자다 말고 방과 뚝 떨어진 화장실 불침번은 춥고 귀찮은 일인데, 할아버지는 외려 할머니가 혹시 무서울까 노래까지 불러주며 문 앞에서 할머니를 기다립니다. 그런 할아버지가 고맙고 미안하고 안위를 걱정하는 할머니의 모습. 갓 연애를 시작한 젊은이들이라 해도 따라가기 힘든 애틋함과 달달함이 진한 감동을 주었죠.

사랑을 잊고 살아온 건 아니었지만 사랑에 대한 진지하고도 낭만적인 이야기는 저 하고는 섞일 수 없는 이야기라고 생각했습니다. 나는 너무나 평범하니까. 사랑은 미디어 속에서는 넘사벽이고 환상적인데 실제 내 옆에 있는 사랑은 백반집 공깃밥은 아닐까 생각했었습니다. 하지만 나이가 들수록 느끼는 것은 사랑은 결국 '백반집 공깃밥처럼 되어야한다'입니다. 특별하지 않은 밥상이라 매일 부담없이 마주할 수 있는 거처럼 사랑은 특별한 감정에서 출발하지만 그 감정을 고이 간직하려면 쉬이 물리지 않게 온도 조절, 상태 조절을 잘 해서 담아내야겠죠.

문득 사랑을 과학적으로 접근했던 기사가 떠올랐습니다.

사랑을 뇌 과학적으로 분석하면,

첫 눈에 반하는 시간은 10만분의 15초

대화로 상대의 매력을 판단하는 시간은 약 2~3분

그리고 사랑이 지속되는 시간은 평균 900일

하지만 평균은 때로 평등하지도 균등하지도 않은 수치일 뿐이죠. 어떤 사랑은 달력 서너 장을 채 못 넘기고 찢어지는가 하면, 또 어떤 사랑은 헤어짐이 시작되고 나서야 더 강하게 타오르기도 합니다. 마치 한국 사람은 밥상에 꼭 김치를 올리지만, 김치의 맛과 생김새는 집집마다 다 다른 거처럼 말입니다.

보편적이면서도 너무나 특수해 일일이 설명하기 힘든 감정. 너에게 맹목적인 이 감정을 우리가 사랑이라는 두 글자로 묶어버리는 이유는 사랑을 하면 모든 일의 끝에는 항상 '너란 사람'

이 생각나기 때문 아닐까요. '세상 모든 마지막 순간에 떠오르는 얼굴이 사랑하는 이의 얼굴'이라는 어느 시인의 표현처럼.

사람이 다시 태어나는 방법 중 가장 아름다운 하나는 누군가와 사랑에 빠지는 것일 겁니다. 사랑이라는 이름으로 담배도 끊어보고 혹은 피워보고, 악착같이 다이어트에 돌입하고, 심지어 구토를 유발하던 음식도 입에 넣으며 미소 짓고, 30년이 넘도록 한 번도 보지도 듣지도 못했던 별자리에도 관심을 기울이게 되고요. 그런 사랑이 있다면 지금 지켜주세요. 오래도록 향기롭고 신선하게. 내 모든 언어와 행동 마지막에 떠오르는 그 존재만으로도 나는 이미 새로운 사람이고, 새로운 생명수가 내 삶을 찬란하게 적시니까.

The power of love / Celine Dion

"바깥세상이 감당하기에 너무 어려울지라도
당신과 함께라면 모든 어려움도 끝나요"
이 곡의 이 한 줄의 가사가
바로 사랑의 본질 아닐까요?

제니퍼 러시가 84년에 발표한 곡을 셀린 디온이 93년에 리메이크해 대히트를 친 곡입니다. 이 곡은 무명의 셀린 디온을 세계적인 가수로 올라서게 만들었는데요. 매니저이기도 했던 남편이 물심양면으로 그녀를 외조 했다고 합니다. 이 부부의 사랑은 노래 가사와도 같은데요. 그녀가 연이은 성공을 거둔 후 남편이 암에 걸리자 셀린 디온은 새 앨범 작업은 물론 콘서트까지 모든 활동을 중단하고 남편의 건강 회복에만 전념합니다. 남편과 가족만이 삶의 존재 이유라고 하면서 말이죠. 안타깝게도 그녀의 남편은 세상을 떠나고 말았지만 죽는 그 순간까지 서로에게 힘과 위로가 돼 주었습니다. 정말 이 곡의 가사와 같은 사랑이죠.

안 넘어지기보다 잘 넘어지기

어쩐지 심심할 때는 껌을 씹어 봅니다. 향긋하고 달콤한 단물도 좋고 단물 빠진 후의 풍선불기도 좋고요. 사실 껌은 실수로 태어났죠. 사진가였던 미국의 토마스 아담스는 사포딜라 나무에서 나오는 '치클'이라는 성분으로 자동차 타이어를 만들려고 했지만 이는 번번이 실패로 돌아갔습니다. 그는 대신 '치클'을 이용해 부드러우면서 더 오래 씹을 수 있는 껌을 만듭니다.

실수를 멋지게 극복한 이가 또 있습니다. 오만원권의 주인공 신사임당도 빼놓을 수 없죠. 어느 잔칫날, 빌려온 치마를 입고 온 한 새댁이 실수로 치마에 포도 얼룩을 남깁니다. 치마가 얼룩져서 난감해 하는 그녀에게 사임당은 얼룩진 치마에 포도 그림을 그려 주었죠. 포도그림이 들어간 치마는 다른 사람에게 좋은 값에 팔리고 결국 새댁은 새 치마를 사서 주인에게 돌려주었다는 일화는 사임당의 재능에 대한 이야기이기도 하지만, 동시에 실수도 극복할 수 있다는 메시지가 숨어 있습니다.

같은 실수를 되풀이 하지 않으려는 것은 사회화의 당연한 결과입니다. 보통 자존심이 강한 사람, 완벽을 추구하는 사람은 실수 자체를 용납하지 않으려는 경향이 있습니다. 그러다보니 숲은 보지 못하고 작은 실수를 하지 않으려다 일을 그르칠 때가 있습니다. 일보후퇴 이보전진의 묘미를 모르는 거죠. 하지만 넘어지지 않고, 실수를 하지 않고 살 수 있는 사람이 있을까요. 실수하지 않으려고 새로운 시도를 꺼리고 몸을 사리기보다는 실수를 하더라도 만회할 생각으로 진취적으로 사는 삶이 더 값지고 실보다 득이 많습니다. 많은 성공의 열매는 실수를 발판으로 하고 있음이 역사적으로도 증명 되었죠. 실수는 인간의 특권입니다. 동물들은 잘못한 후 스스로 만회하기가 어렵지만 인간은 자신의 잘못을 인지하고 충분히 만회할 수 있습니다. 버스를 잘못 탔다면 시내관광의 기회일 수도 있고, 주문이 잘못 들어가 엉뚱한 음식이 나왔다면 새로운 음식 세계를 경험할 기회거나 (식당에 따라) 공짜로 먹을 수 있는 기회이기도 하고요.

유도에서 메치기 연습을 할 때 가장 먼저 배우는 것은 낙법 연습이랍니다. 잘 떨어지는 법을 충분히 익혀두면 메치기를 당하는 거 자체가 두렵지 않게 되고, 결국 이는 상대방을 공격하는 일에 전념할 수 있기 때문이죠. 따라서 낙법 연습은 메치기 기술의 기본이면서 자유로운 몸놀림을 배우는 유도 기술 훈련의 기초라고 할 수 있습니다. 넘어지지 않고 배울 수 있는 것은 하나도 없습니다. 자전거는 물론이거니와 방송도 그렇고 요리도 그렇고 유도도 그렇고. 지금 당신이 하고 있는 일의 시작에도 실수가 난무하지 않았었나요? 세상 온갖 것들은 넘어져야 배울 수 있는 것이죠. 어쩌면 배우기 위해 넘어지는 것일수도 있습니다.

One moment in time / Whitney Houston

성공만큼 실패도
고통도 많이 맛 봤고
그 시련 끝 결국에는
꿈이 실현될 순간을 원하고 있다는
내용의 웅장한 노래입니다.

영원한 디바 휘트니 휴스턴의 명곡인데요. 1988년 서울 올림픽 당시 우리나라에서는 코리아나의 '손에 손잡고'가 온 거리를 휩쓸었을 때 미국에서는 바로 이 곡이 매일같이 흘러 나왔었답니다. 서울 올림픽 당시 미국 대표팀의 공식 주제곡이었기 때문인데요. 숱한 실패와 고통 속에서 희망의 순간을 갈망한다는 가사가 휘트니 휴스턴의 목소리에 실려 깊은 울림을 주는 곡입니다.

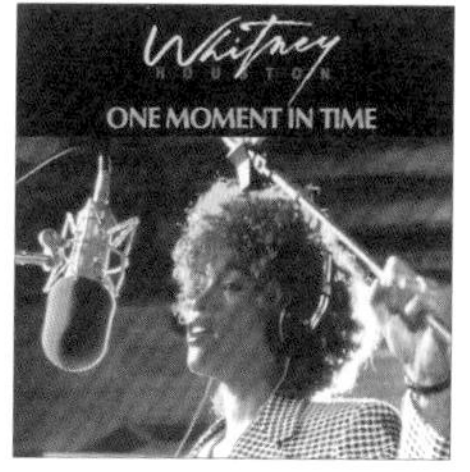

엄마 10년차.

직장에 집안일에 어느 것 하나 제대로 하는 거 없이 허둥대고 실수 하고 까먹고. 이제는 열 살 딸아이가 저를 먼저 챙깁니다. 부족한 직장인이자 진짜 '돌봄'이 필요한 엄마지만, 아이들과 함께한 지난 10년 동안 그래도 제일 열심히 한 엄마노릇은 아이들에게 책을 제법 많이 읽어줬다는 거예요. 제가 보고 싶은 책 볼 시간은 확보하지 못해도 아이들 책은 열심히 읽어줬습니다. 어쩌면 많은 엄마들이 그러한 거처럼.

월요일부터 금요일까지 왕복시간까지 합쳐 거의 열 시간 넘게 회사에 메여있고, 심지어 주말에도 회사를 나가는 엄마다 보니 자는 시간, 먹는 시간 빼면 아이들과 함께 할 시간이 정말 적습니다. 그저 저녁 두 세 시간이 전부. 그래서 매일 밤 '천일야화'의 주인공 셰헤라자데처럼 어느 날부터 아이들에게 좋은 이야기라도 들려주기 시작했습니다. 낮잠을 잔 아이들은 밤잠이 없었고 따라서 어떤 때는 아이들이 잠들기까지 한 시간이고 두 시간이고 정말 목이 쉴 정도로 읽어줬죠. 사실 말을 업(業)으로 하는 입장에서 보면 컨디션 관리를 잘못했다고 질책을 들을 수도 있지만, 엄마가 아이들과 함께 동화책을 읽을 수 있을 시기는 아이 어렸을 때 잠깐이라는 생각에 열심히 읽어줬습니다. 물론 현실은 읽다 먼저 잠든 날도 많았고 아이들이 그만 읽으라고 했지만. 흡.

어쨌거나 이 엄마의 노고 덕인지 아이들이 한글을 쉽게 뗐습니다. 하지만 한글을 빨리 뗀 것과 학교 공부, 받아쓰기는 큰 상관관계가 없더라고요. 오히려 엄마의 지나친 관심과 기대에 아이는 힘든 날이 많았습니다. 아이가 학교에 들어가고 1년, 2년, 3년... 서로 시행착오를 거치면서 조금씩, 아주 조금씩, 하지만 너무나도 분명히 뼈저리게 깨달았습니다. 아이를 다그치지 말고 기다려줘야 한다고. 지면에 다 싣지 못하는 시행착오가 있었죠. 서두른다고 아이가 자라는 게 아니라 때가 되어야 아이는 성장한다는 소박한 진리를 뒤늦게 깨쳤습니다.

아이를 키워보니 아이는 계단식으로 크지 않고 물결 식으로 크더라고요. 어떤 날은 훌쩍 앞서 나가 있어 엄마를 설레게 하고 기대하게 하죠. 그러다 며칠 지나면 잘하던 것도 못하는 거 같아 불안하고 고민이 커집니다. 물론 가장 큰 문제는 이리저리 흔들리는 엄마의 마음이겠죠. 아이는 자기 갈 길을 잘 가는데 심지가 굳지 못한 엄마가 비교하고 욕심 부리고 갈피를 잡지 못해 문제가 생기는 거였습니다. 그렇게 엄마가 넘어지고 다치고 허둥대고. 아이도 그런 엄마에 밀려 발을 헛디디면서 불안하지만 조금씩 깨달아 갑니다. 조급해 한다고 해결 되는 게 아니라는 진실 말입니다. 사실 아이만이 아니라 어른도 마찬가지겠죠? 어떤 날은 일이 잘 풀리고 자신감도 제법 충전되는데, 또 어떤 날은 스스로 사회부적응자 같다는 생각을 하고요.

동화책, 《강아지 똥》.

권정생 선생님의 동화, 강아지 똥은 큰 아이가 다섯 살 무렵에 만난 책이었습니다. 강아지 똥은 자신이 똥이라는 사실을 알고 슬퍼합니다. 하지만 흙덩이를 만나고 자신이 '쓸모 있는' 존재라는 사실을 깨닫고 기다립니다. 나의 쓸모를 위해. 겨울이 가고 마침내 봄이 와 민들레 새싹이 돋아나고, 강아지 똥은 민들레의 거름이 되어 영원한 자연으로 돌아갑니다. 그리고 민들레는 강아지 똥을 감싸 안으며 꽃을 피웁니다.

시간이 흐르고 흘러야 가치 있는 것이 있죠. 오늘 담근 김치가 내일 묵은지가 될 수 없듯이 김치의 깊은 맛이 나려면 시간이 흘러 양념이 삭고 배추가 묵어야 합니다. 그러니 우리 조급해하지 말아요. 평범한 줄 알았던 나의 특별한 가치도 지금 때를 기다리고 있을 겁니다. Time in a bottle의 노랫말처럼 매일매일을 보석처럼 소중하게 간직해요. 그러면 나의 때에 오리인 줄 알았던 내가 백조로 변신하겠죠.

"달력은 열정적인 이들이 아니라 신중한 이들을 위한 것이다."

_척 사이거스

Time in a bottle / Jim Croce

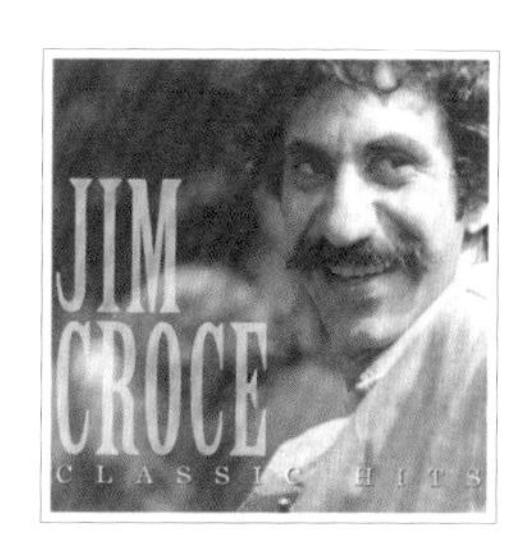

모든 시간을
병속에라도 담아서
사랑하는 사람,
가족과 영원히 함께 보내고
싶다는 아름다운 소망을
노래한 곡입니다.

시간에 관한 팝송이라는 키워드로 제일 먼저 생각난 곡은 신디 로퍼의 Time after time 이었어요. 한데 서병석 PD의 제안으로 짐 크로치의 곡을 이렇게 싣게 되었죠. 가사를 음미할수록 짐 크로치의 곡과 그에 얽힌 이야기들이 훨씬 더 큰 울림을 주었거든요.

이 곡은 아내가 아들을 임신했단 소식을 듣자마자 바로 그날 짐 크로치가 만든 노래입니다. 사랑하는 가족과 함께할 행복한 시간들을 얼마만큼 소망하고 있는지 절절하게 느껴지는데요. 그런데 짐 크로치는 가족과의 영원을 꿈꿨지만 비행기 사고로 급작스럽게 세상을 떠나고 맙니다. 이 곡은 원래 앨범에는 수록돼 있지 않았는데요. 그의 사후에 곡이 정식 발매가 됐고, 그의 안타까운 가족사가 알려지면서 추모열기와 함께 이 곡 또한 많은 사랑을 받게 됐죠.

사소한 것이 우리를 살린다

남들은 몰라주길 바라는 속상한 마음을 속으로 삭히는 날이 있습니다.

한 달에 한 번쯤 주말이나 평일 휴일 근무로 뉴스를 연달아 너 댓개씩 해야 할 때. 3분이 살짝 넘는 짧다면 짧은 뉴스에서 번번이 오독을 하고 뭔가 뉴스의 흐름이 마음에 들지 않을 때가 있어요. 사람들에게 알리려고 뉴스를 하지만 사람들이 정말 듣지 않길 바라죠. 새벽부터 힘든 몸을 끌고 나와 방송을 하는데 이것 밖에 못하는 자신이 한심하고 불쌍하고 화도 나고. 이제는 그러지 않을 연차도 되었건만, 뒤로 후배가 더 많은 거 같은데, 여전히 미숙한 자신과 대면하는 일은 창피하고 아무도 모르게 숨고 싶습니다. 방송에서는 늘 '인간은 실수를 하기 마련이다, 괜찮다, 나도 실수대마왕이다.' 등등 진심으로 청취자들을 위로하지만 정작 나의 고질적인 문제, 그리고 못난 내 모습을 인정하기란 아직도 많이 어렵습니다.

방송을 하는 나로부터 벗어나고 싶은 날, 그런 날들이

숱하게 많았는데 어떻게 지금까지 뉴스를 하고 방송을 하고 월급을 받고 있는지 저 또한 의아할 때가 있습니다. 곰곰이 들여다보니 그 나락의 가운데에는 저를 지탱해 준 몇 가지가 있었습니다. 먼저 다달이 찍히는 월급, 아마 많은 이들이 힘들고 지치고 그만두고 싶어도 한 밤 자고 일어나 다시 출근하는 이유겠죠. 그리고 많지는 않지만 공감해주고 이해해 주는 동료들과 방송을 통해 소통의 가치를 일깨워준 청취자들, 아주 약간의 사람이면 충분합니다. 뷔페식당에서도 늘 먹는 거, 좋아하는 거를 많이 먹듯, 대인관계도 다양성 보다는 진실성에 방점을 찍는다면 사람의 숫자는 중요치 않죠.

얼마 전 정년퇴임을 한 여자 선배님의 근황을 들었습니다. 너무나 푸근하게 후배들을 잘 챙겨주시던, 얼굴에 항상 얕은 웃음을 보여주던 선배님은 정년을 앞둔 안식년 기간 동안, 취미를 살려 한복을 배우는 일을 시작하셨답니다. 38년 동안의 직장생활동안 받았던 갖가지 스트레스를 그동안 작은 손바느질로 풀어가셨는데 이제 시간적 여유도 충분해 본격적으로 한복을 배우신다고요. 그리고 본인 손으로 친정어머니의 수의를 만드시겠다고요. 하나도 아니고 둘도 아니고 세 아이의 엄마로서 38년이라는 세월을 직장맘으로, 더군다나 지역근무까지 해가면서도 항상 온화한 모습을 보여줄 수 있었던 비결은 알록달록한 천 위에 새겨진 한 땀 한 땀이 아니었을까 싶습니다.

그저 좋아서 시작한 일이었지만, 그 일로 마음 속 잡념들을 누그러뜨릴 수 있고 상처받은 영혼이 잠시 쉴 수 있다면. 욕심부리지 않아도 되는 일, 하지만 나를 더 깨우치는 일. 우연히 우리 인생에 말을 걸어오는 사소한 것들, 그것이 우리를 살리는 구급약일 겁니다.

Lemon tree / Fool's Garden

아무 일도 일어나지 않는 평범하고 사소한 일상을 노래한 조금은 싱거운 내용입니다.

1995년 독일 출신 그룹 풀스 가든이 발표한 노래입니다. 유럽을 중심으로 인기를 얻었고 우리나라에서도 사랑을 받았죠. 그런데 이 곡이 만들어진 이유가 꽤 흥미롭습니다. 곡을 만든 그룹 멤버가 일요일 오후에 여자친구를 기다리면서 만들었다고 해요. 이렇게 저렇게 피아노를 쳐보다가 어느 순간 멜로디와 후렴구가 떠올라서 계속 작업을 하다 보니 20여분 만에 곡을 완성했다고 합니다. 또 제목 또한 아무런 의미 없이 레몬과 트리가 아름다운 단어라 붙였다고 하는데요.

어찌 보면 보잘 것 없는 무료하고 사소한 일상조차 명곡을 탄생케 하는 거 같죠?

미래, 아직 도착하지 않은 오늘

여름휴가 계획을 세웠습니다. 올 해는 동물을 좋아하는 둘째 취향에 맞게 야생 돌고래를 보러갈까, 반딧불이를 보러갈까 아니면 거대한 동물원에 가볼까 간만에 즐거운 고민을 해봤습니다. 블로그를 따라 필리핀 보홀에도 가보고, 말레이시아 코타키나발루도 둘러보고, 싱가포르의 거대 동물원까지 흥미진진한 여행의 준비운동이었죠. 여름휴가까지는 석 달 가까이 남았지만 얼리버드 할인을 이유로 이미 아무도 모르게 휴가는 시작되었습니다. 막상 휴가지가 결정되면 동력이 떨어진 글라이더처럼 차분하게 제자리로 돌아오지만, 미처 휴가지가 결정되기 전에는 주머니사정이나 기타 형편은 치워놓고 여기저기를 쑤시고 다닙니다. 이 여자 저 여자에게 추파를 던지는 카사노바처럼. 아직 도착하지 않은 미래를 한껏 꿈꿔봅니다. 지나고 나면 부질없는 시간일지 모르지만.

라디오 방송은 3개월에 한 번씩 청취율조사를 합니다. 리서

치회사에서 모집단을 설정해 전화로 그리고 구두로 라디오는 듣는지, 어느 방송국의 어떤 프로그램을 듣는지를 조사합니다. 이것은 현재의 방송에 대한 대중의 선호도를 보여주는 지표기도 하지만 앞으로 어떻게 나아가야하는지를 보여주는 자료기도 합니다. 보통 청취율조사 때는 청취자의 연령, 직업, 사는 지역 등등의 개인정보가 함께 드러나기 때문에 어떤 군의 사람들이 우리 방송을 좋아하는지가 쉽게 드러나기 때문이죠. 다시 말하면 집토끼는 놓치지 않고, 산토끼는 불러 모으는 데 청취율 조사 자료를 활용할 수 있습니다. 앞으로 나아가기 위해 불필요한 것들은 제거하고, 불확실한 것들은 어떻게 다룰지를 따져야 더 나은 방송을 만들 수 있겠죠. 그리고 여기서 청취율 조사 자료가 정의의 여신 디케의 '칼과 저울' 처럼 활용된답니다.

'미래'라는 다소 모호한 단어는 그 모호성으로 말미암아 균형을 이루고 있습니다. 가능성과 불가능성이 혼재되어 있습니다. 상황에 따라, 사람에 따라, 누군가는 부정적인 면을 더 크게 보고 누군가는 긍정적인 면을 더 집중적으로 분석합니다. 만약 '미래는 삼각형일 것이다'라고 얘기한다면, A는 역삼각형의 모습을 떠올리며 불안하다, 넘어질 수 있다, 하지만 신선하다, 한 곳으로 모인다로 해석할 겁니다. 반면 B는 산모양의 삼각형을 떠올리며 안정적이다, 평범하다, 진부하다로 받아들일 수도 있겠죠. 그것은 미래의 참상이 아니라 개개인의 유전과 환경이 만들어낸 사고입니다. 미래는 언제나 미래일 뿐, 우리에게 그 어떤 것도 강요하지 않으니까요.

미래의 스포일러는 당장의 오늘이겠죠.

오늘을 제대로 굴리는 것이 지금보다 더 기꺼운 미래를 맞이할 수 있는 방법일 겁니다.

All right / Christopher Cross

아직 늦지 않았으니
긍정적 사고를 갖고 시도하면
미래는 희망적 일거라는 내용의 곡이에요.

데뷔앨범으로 바로 그래미상을 휩쓸었던 싱어송 라이터 크리스토퍼 크로스의 경쾌한 곡이죠. 사실 그는 의사였던 아버지의 영향을 받아 의대에 입학을 합니다. 하지만 음악에 대한 열정으로 자퇴를 한 후에 가수활동을 시작했는데요. 안정된 삶을 포기하고 불안한 미래를 설계한다는 것이 말처럼 쉽진 않았을 텐데, 가수로서 그의 성공은 곡의 가사처럼 자신을 믿고 계속 시도한 결과가 아니었나 싶습니다.

마음은 마음가는대로

"지수님~ 이번 주는 사장님께서 외근을 안 나가시네요.
문제는 점심메뉴를 사장님께서 정하신다는 거예요.
오늘은 더우니깐 시원한거 먹자며 월요일은 냉면,
화요일은 몸에 좋은 거라며 검은콩콩국수,
오늘은 숙취해소 해야 한다며 짬뽕.
사무실 직원 4분과 제겐 선택권이 일도 없어요. ㅠㅠ
전 면보다 밥이 좋은데 밥이 좋다는 말이
턱밑까지 차오르지만 차마 말 못하는 제 맘
*시원한 커피로 달래주세요~ "*_010 **** 1938

늦은 장마 후 더위가 기승을 부리던 어느 날,
웃픈 사연 하나가 도착했습니다.

다들 비슷한 경험이 있을 겁니다. 나의 의지는 증발된 채 꼭 이행해야할 강제사항만 남는 경우 말입니다. 그 강제사항이 나의 구미에도 딱 맞는 것이면 윈윈이겠지만 그럴 경우는 소개팅에서 멋진 이성을 만날 확률처럼 아주 드물죠. 싫지만 따라야 하고 웃어야 하는 게 사회생활이라고들 합니다. 틀린 말은 아닙니다. 하지만 자신의 자율성을 줄기차게 배신한 채 유지하는 사회생활은 마음이 멍들거나, 어느 순간 폭발할 가능성도 무시할 수 없겠죠. 고한석 정신과 전문의는 자신의 책 <마음독립, 스스로 나를 선언하다>에서 이야기 합니다. 개인의 자율성이 담보 되어야 위기의 순간에 합리적으로 대처할 수 있다고. 자신이 옳다고 생각하는 가치를 따르는 선택을 하고 결과에 책임지는 태도를 보일 때 온전한 삶이 가능해진다고.

세상을 좋지 않게 보면 한없이 어지럽고 두렵고 무서운 세상이지만, 그런 세상 한편에서는 따뜻한 이야기가 흘러나오고 흥미진진한 사건들이 일어나며 내일은 더 좋을 거라고 기대하고 살아가는 이들이 있습니다. 사실 세상은 그냥 세상이죠. 나에게 좀 더 불친절할 수도 있고 너에게 좀 더 호의적일 수는 있어도 이 세상은 너른 바다처럼 고요할 때도 거친 풍랑이 휘몰아칠 때도 있는 세상입니다. 시시각각 변하는 별자리처럼 세상도 흘러갑니다. 그런 세상을 붙들어 둘 수 있는 유일한 방법은 흔들리는 세상에서 떠내려가지 않게 내가 내 중심을 잡는 것일 겁니다. 그리고 내 중심을 잡는 다는 것은 나의 자율성을 존중하며 또 자율성으로 인한 결과를 받아들이는 일이겠죠.

어디선가 스쳐지나간 적이 있습니다.
아마 어느 공중화장실 안에서 이었을까요.

"마음을 잡아라, 마음 하나를 잡으면, 모든 것을 다 잡은 것이다."

사장님이 나의 의사는 고려하지 않고
무조건 점심메뉴를 결정한다면?
'공손하게' 알려드려야겠죠.
"저는 짬뽕 대신 볶음밥을 먹고 싶습니다.
볶음밥은 제게 안 풀리던 일도
풀리게 하는 마법 같은 밥이거든요."

Let's get loud / Jennifer Lopez

인생을 낭비하지 말고 진심을 다해
자신만의 방식으로 삶을 살아가라는 내용의 노래입니다.

제니퍼 로페즈의 데뷔 앨범 수록곡입니다. 원래는 글로리아 에스테판 본인이 부를 예정이었어요. 그래서 그녀가 직접 곡 만드는데 참여까지 했죠. 그런데 자신의 이전 곡들과 너무 유사하다고 느껴서 제니퍼 로페즈에게 이 노래를 넘겼다고 합니다.

그래서일까요? 제니퍼 로페즈는 글로리아 에스테판 이후 가장 성공한 히스패닉 팝 스타로 자리매김했는데요. 마음 가는대로 하고 싶은 대로 인생을 살고 증명해 보라는 가사답게 그녀 역시 배우로 댄서로 또 가수로 지금까지 활발한 활동을 이어가고 있죠.

친구

올해는 유난히 쫓기는 일이 많은데, 바쁜 일정들을 뒤로 하고 항공권을 예매했습니다.

흔히 자매들은 나이가 들수록 친구가 되어 간다고 하죠. 저희 유씨네 세 자매도 그렇습니다. 어려서는 '딸도 셋이나 있으면 아들 하나 노릇은 하겠지'라는 말을 심심찮게 들었는데 실상 저희 자매는 아들 열 이상의 몫을 한다고 자부합니다. 의리도 남다르고요. 모두 제각각의 삶을 살지만, 뭉치면 그 어느 관계보다 끈끈함을 보여줍니다. 한 때는 잘 나아가는 외국계 회사를 다녔지만 지금은 중딩, 초딩 아들 둘을 키우는 가정주부인 저보다 여섯 살 많은 큰 언니. 두 살 많은 작은 언니는 싱글라이프를 즐기는 커리어 우먼이고요. 저까지 이렇게 세 자매는 매 년 여행을 함께 하기로 약속하고 세 번째 여행을 계획 중에 있습니다.

자매 못지않게, 아니 그보다 더 서로에게 버팀목이 되고 탈출구가 되는 친구가 있습니다.

리들리 스콧 감독의 영화, 델마와 루이스.

억압적인 남편 아래 찍소리도 못하고 사는 델마와 식당에서 웨이트리스로 일하는 화끈한 루이스.

그 둘은 짧은 주말여행을 떠나지만 해방의 기쁨도 잠시, 델마가 성폭행을 당할 뻔한 사건이 일어납니다. 이로 인해 두 사람은 한순간 살인사건의 용의자가 되고 여행은 도주로 바뀝니다. 소심하고 덜렁대는 델마와 대범하고 꼼꼼한 루이스. 너무나 다른 두 친구는 사건을 겪으며 성격도 변해갑니다. 델마는 대담하고 자유롭게, 반면 루이스는 수사망이 좁혀질수록 불안한 반응을 보이죠. 하지만 두 친구는 마지막에 같은 선택을 합니다. 자신들의 운명을 본능적으로 느끼는 두 사람, 델마는 말합니다. 어떤 일이 생길지 모르지만, 너(루이스)와 함께 라서 기쁘다고. 그녀들은 세상이 던진 굴레와 약자로서 느끼는 비참함에서 벗어나 서로를 믿고 자유의 카타르시스를 맛봅니다.

아름답고 향기로운 친구란. 나에게 뿌리가 되어주고
동시에 날개가 되어주는 사람 아닐까요.
내가 누군지 알려주고 또 나를 확장시키는 사람.
나를 가장 잘 알면서도 규정짓지 않고 너른 세계로
함께 가줄 사람이 친구일 겁니다.

That's what friends are for /

Stevie Wonder, Elton John,
Dionne Warwick and Gladys Knight

좋을 때나 나쁠 때나
언제나 당신 곁에 있을 거예요
친구란 그런 겁니다.

이 두 줄의 가사가 이 노래의 모든 걸 설명해주고 있죠. 밝은 곡을 많이 부른 스티비 원더의 흔적을 좇고 있는데 어느 블로그에서 툭하고 이 곡이 흘러나왔습니다. 4명의 사이좋은 친구가 부른 That's what friends are for. 원래는 영화, 뉴욕의 사랑(Night Shift)에서 로드 스튜어트가 불렀던 곡인데 우정반지를 나눠끼듯 네 명의 친구들이 리메이크 했죠. 재주 많은 친구들답게 엘튼 존이 키보드를, 스티비 원더가 하모니카를 맡았는데요. 참고로 사이좋은 4명의 친구이자 최고 아티스트들의 뜻으로 이곡의 수익금은 에이즈 치료기금으로 쓰였답니다.